Guérison du Coeur

Sley Samedy

GUÉRISON DU COEUR

First edition. July 3, 2024.

ISBN: 979-8227743688

Written by Sley Samedy.

Also by Sley Samedy

Une nuit sur la plage
Amoureux du défi
Le stagiaire du détenu
Pardonne mon Péché
Premier Match
Proposition interdite
Réclame par mes demi frères
Scandale dans le désert
Une tente pour deux
Amitié ruinée
Tuer pour elle
Garde moi
L'ultime défi
Mauvais Détour
On dirait que ça tue
Une sale promesse
Imprudence
Juste sous le gui
Survie et Triomphe
Ténébres capturées
Le Choix de Bianca
Guérison du Coeur

« Guérison du cœur » est une histoire poignante sur la guérison, le pardon et la découverte de soi. Amory doit faire face à ses démons intérieurs et surmonter les traumatismes du passé tout en naviguant dans les complexités de son travail en Afrique. Au fur et à mesure qu'elle se confronte à ses peurs et à ses insécurités, elle réalise que la route vers la guérison est sinueuse et pleine de défis.

Alors qu'Amory s'aventure dans l'inconnu, elle se rend compte que la guérison du cœur est un processus complexe et émouvant. Elle doit apprendre à faire confiance à nouveau et à laisser entrer de nouvelles personnes dans sa vie. Au milieu de l'incertitude et des défis, Amory découvre la résilience de l'esprit humain et la puissance de la bonté dans des endroits inattendus.

Plongez dans « Guérison du cœur » et embarquez pour un voyage émotionnel qui explore la force de l'amour, la famille et la capacité de l'esprit humain à surmonter l'adversité.

Chapitre 1

Le Dr Amory Paver est en congé aujourd'hui. C'est une rareté pour elle, car elle est l'une des nombreuses médecins dont la ville est très fréquentée, mais ce n'est pas que du plaisir et des jeux. Elle fait ses valises, se prépare pour un voyage de Médecins Sans Frontières en Afrique. Elle n'est jamais allée en Afrique, n'a même jamais quitté le pays plus d'une semaine, et elle doute qu'un voyage d'une semaine en Angleterre il y a plus de dix ans va la préparer aux difficultés de la vie en Afrique.

Sa table de salle à manger est remplie de brochures et d'articles imprimés sur le choc culturel, d'informations sur la Zambie et le choléra. Après tout, elle ne part pas en voyage pour le plaisir ; elle a un travail à faire.

Amory est dans sa chambre, une valise ouverte sur son lit tandis qu'elle fouille dans son placard. Des chemises boutonnées encore attachées aux cintres sont jetées en tas sur le lit, et elle ne sait pas quoi emporter. L'espace dans sa valise est limité et elle ne sait pas ce qu'il serait préférable de porter.

C'est l'Afrique, donc le temps sera probablement étouffant, surtout que c'est la mi-juin. Mais elle doit quand même garder un air professionnel et, malgré la tentation, elle ne peut pas porter que des débardeurs et des shorts au travail pendant les prochains mois.

Sa mère lui envoie des textos, sachant à quel point elle est nerveuse. Les parents d'Amory se sont séparés quand elle était adolescente, et elle ne parle pas beaucoup à son père, mais sa mère a toujours été sa plus grande supportrice et sa plus grande inquiète.

Maman : N'oublie pas d'emporter un pyjama.

Amory : Je sais

. Elle ne savait pas. Amory avait, en fait, oublié d'emporter un pyjama. Elle écoute sa mère et emporte un pantalon de survêtement et quelques chemises de nuit et regarde sa valise ouverte en réfléchissant.

Maman : Je t'aime

Amory : Je t'aime aussi

Maman : N'oublie pas de m'envoyer un texto quand tu arriveras à l'aéroport demain.

Amory : Je le ferai. Promis

Elle a déjà quelques pantalons noirs emballés, mais les chemises sont beaucoup plus difficiles à choisir. La plupart de ses vêtements sont adaptés à l'air frais et à la pluie, pas à la chaleur estivale, mais elle est sûre d'avoir des chemises à manches courtes quelque part, mais elle ne les trouve pas.

Amory gémit de frustration et ouvre les tiroirs de sa commode, tous en même temps, ce qui est contre-productif, mais elle est frustrée et s'en fiche. Elle décide d'ignorer le problème des chemises pour l'instant et choisit plutôt de se concentrer sur l'emballage des chaussettes et des sous-vêtements, en parcourant le tiroir du haut, qui contient un tas de culottes blanches à porter sous les uniformes, des chaussettes à motifs funky et un vibromasseur rose en forme de lapin.

Elle jette tout cela dans la valise, débattant du vibromasseur et de l'embarras potentiel qu'il lui causera lorsqu'il passera la sécurité de l'aéroport. Mais, décide-t-elle, elle ne sera pas là quand ils enregistreront ses bagages, alors elle les jette dans la pochette zippée sur le côté.

Maman : N'oublie pas les chaussettes.

Amory : Je viens de les emballer.

Alors qu'elle vide son tiroir à sous-vêtements, elle sent quelque chose de dur au fond du tiroir et fronce les sourcils avec confusion.

Elle atteint le fond du tiroir et en sort une boîte noire et son cœur se serre. Elle sait ce que c'est maintenant. Cela faisait des années et elle avait presque réussi à l'oublier. Honnêtement, elle ne sait pas comment cela est arrivé là. Elle ne se souvient pas de l'avoir mis dans ce tiroir, mais elle suppose qu'elle a tellement essayé d'oublier Natalie qu'elle a dû tout oublier.

Mais aujourd'hui, elle ne peut rien oublier. Combien elle aimait Natalie, les sentiments aigus de douleur et de trahison qu'elle ressentait lorsqu'elle la rencontrait au lit avec cet odieux Dr Blake Gold. Elle commence à pleurer.

Elle voulait épouser Natalie, elle voulait construire sa vie avec elle. Ils vivaient ensemble, possédaient un chat ensemble, mais maintenant Amory vit seul. Elle n'a même pas pu garder leur chat, Harold.

Natalie lui manque et la déteste pour cela. Elle lui faisait confiance et Natalie a trahi cette confiance, laissant un gouffre dans son cœur trop profond pour que quiconque puisse le combler. Elle déteste également le Dr Gold. Ils n'ont jamais été proches, rivaux depuis leurs études de médecine, mais elle pensait qu'ils pourraient mettre cela de côté lorsqu'ils entreraient dans le même programme de résidence. Ils ne l'ont pas fait, mais Amory ne s'attendait pas à ce que le Dr Gold triche avec Natalie. Là encore, elle ne s'attendait pas à ce que quelqu'un triche avec Natalie.

Elle pensait que Natalie serait toujours fidèle. Maintenant, elle se sent stupide et trahie. Elle souhaite ne jamais avoir fait confiance à Natalie avec son cœur, qu'elle ait vu les signes avant d'en arriver là. Mais elle n'avait jamais remarqué quand Natalie regardait d'autres femmes, et elle s'en fichait quand Natalie commençait à vouloir faire l'amour plus que d'habitude.

Les larmes coulent sur ses joues alors qu'elle se souvient de la bagarre qui a eu lieu après avoir quitté leur chambre. Elle venait de voir le Dr Gold baiser sa petite amie, mais Natalie avait encore l'audace de demander pardon, d'affirmer que cela ne se reproduirait plus jamais. Comme si ça comptait.

Elle a crié et pleuré et a expulsé Natalie de la maison, l'écoutant implorer à travers la porte verrouillée d'être laissée entrer. Natalie est restée là pendant environ trente minutes avant de partir. Amory ne sait toujours pas où elle est allée pour la nuit et se met en colère si elle pense qu'elle est allée chez le Dr Gold. Mais elle est revenue le lendemain alors qu'Amory était au travail et est repartie avec toutes leurs affaires et Harold.

Elle a laissé un mot, implorant toujours pardon. Mais Amory ne pourrait jamais lui pardonner. Elle a même pris leur chat, pour avoir crié à haute voix.

Elle a l'impression d'être de retour là-bas et elle a encore envie de crier et de pleurer. Depuis, elle n'a pratiquement plus de nouvelles de Natalie. Il y a eu quelques longs SMS d'excuses et des appels téléphoniques sans réponse, mais Amory n'a jamais répondu. Elle ne pouvait pas. Elle ne sait même pas ce qu'elle aurait dit. Parfois, elle se demande ce qui se serait passé si elle avait répondu, mais elle sait qu'elle ne pourra jamais pardonner à Natalie ce qu'elle a fait.

Cela fait plus de cinq ans que Natalie n'a pas envoyé un texto à Amory, ivre et lui disant qu'Harold était mort, et cela fait plus de sept ans depuis la rupture. Mais elle ne s'en remet toujours pas et elle se déteste pour ça. Elle n'est sortie avec personne d'autre et n'est plus retombée amoureuse. Elle a l'impression d'être une adolescente stupide, elle a maintenant trente-cinq ans et elle est une chirurgienne accomplie, pour avoir crié à haute voix.

Amory ouvre la boîte et regarde la bague en diamant à l'intérieur. C'est une bague simple. Natalie a toujours aimé les bijoux simples, et c'est ce qu'Amory lui a offert parce qu'elle voulait qu'elle les porte longtemps. Mais elle n'a jamais eu l'occasion de les porter.

Amory ne sait pas combien de temps a duré leur liaison. Parfois, la partie curieuse et autodestructrice de son cerveau veut savoir combien de temps Natalie a couché avec le Dr Gold, et si elle était même la seule.

Amory regarde la bague et regarde autour de sa chambre, où la fenêtre est ouverte, laissant passer une légère brise. Elle se souvient avoir porté la bague dans sa poche, attendant le moment parfait. Elle avait prévu un rendez-vous avec eux deux au parc où ils avaient eu leur premier rendez-vous. Ce n'était pas élaboré ou quoi que ce soit, mais c'était sentimental, et Amory a toujours été une personne sentimentale.

Elle pensait que Natalie l'était aussi. Mais, clairement, elle n'était pas assez sentimentale pour être fidèle.

La tristesse d'Amory face à ce que Natalie a fait se transforme en colère. Après tout, comment ose-t-elle la tromper, gâcher leur vie commune et la trahir comme ça. Comment ose-t-elle la tromper avec son rival, quelqu'un dont elle s'était plainte à Natalie d'innombrables fois. Natalie savait à quel point Amory et le Dr Gold ne s'entendaient pas, et pourtant elle avait choisi le Dr Gold parmi toutes les personnes sur la planète pour coucher avec lui. Ce n'était vraiment pas juste. Rien dans cette situation n'était juste ou acceptable, et Amory bouillonne de colère en y pensant.

Elle regarde la bague et devient de plus en plus en colère. Elle ne veut rien de plus que détruire les souvenirs de Natalie, l'oublier une fois pour toutes, mais elle ne peut pas. Alors, elle fait la meilleure chose à faire, elle se débarrasse de la bague.

Dans un accès de colère et de douleur, elle jette la bague par la fenêtre de sa chambre et la regarde voler dehors, pour ne plus jamais être revue.

Amory regarde son téléphone et soupire. Elle a ignoré le bourdonnement en regardant la bague et elle ne peut plus ignorer le bourdonnement.

Maman : N'oublie pas ton ordinateur portable

Maman : Et amène un livre pour l'aéroport

Maman : Tu as tous tes vaccins, n'est-ce pas ?

Maman : Attends, tu me l'as dit avant. Laisse tomber.

Maman : Qu'est-ce que tu manges pour le dîner ?

Maman : Tu veux que je vienne ?

Maman : Ça va prendre un moment avant que je te revoie.

Maman : Amory ?

Maman : Amory ?

Maman : Appelle-moi quand tu vois ça

Amory : Désolée. J'étais en train de faire mes valises. Je t'appellerai plus tard.

Maman : D'accord

Amory : Mais oui, tu peux venir.

Maman : Sois là dans une heure

Amory soupire et regarde sa fenêtre ouverte. Elle reste assise par terre un moment avant de se lever et de se diriger vers sa cuisine. Elle commence à débarrasser la table de la salle à manger de tous les dépliants et papiers.

Quand sa mère arrive, elle apporte des courses, les laissant tomber par terre pour faire un gros câlin à sa fille unique.

« Salut maman », Amory salue sa mère, Kara.

"Salut chérie! Veux-tu m'aider à préparer le dîner ?

"Bien sûr", dit Amory, "laisse-moi finir la vaisselle très vite."

"Je vais t'aider", lui dit Kara. « Et puis nous pourrons commencer à manger. Qui sait quand aura lieu la prochaine fois que vous dégusterez un bon repas fait maison.

« Je suis sûr que ce ne sera pas long », dit Amory. "Je peux cuisiner moi-même, tu sais."

Kara rit. "Non, tu ne peux pas."Amory secoue la tête. « Maman », se plaint-elle.

«Je dis juste la vérité», dit Kara. "Si je n'étais pas là pour t'aider, tu mourrais probablement de faim."

"Je ne le ferais pas", dit Amory en secouant la tête. Elle sait qu'elle n'est pas une bonne cuisinière, mais elle a trente-cinq ans. Elle peut prendre soin d'elle-même, pour crier à haute voix.

"Que penses-tu que je fasse quand tu n'es pas là?" elle demande à sa mère.

«Mourir de faim», dit Kara.

Amory se moque mais renonce à discuter. "Peu importe, préparons simplement le dîner."

"Pour ne pas mourir de faim", insiste Kara, et Amory gémit.

«Je sais cuisiner», déclare Amory.

« Sans prendre feu au poêle ? » demande Kara.

Amory gémit. «C'était une fois, j'étais adolescente», dit-elle, «je me suis améliorée».

"Mmm," fredonne Kara en regardant dans l'évier. Elle sort un pot et le tend à Amory pour qu'elle puisse en voir le fond. "Eh bien, à première vue, vous brûlez toujours tout."

"Maman", proteste Amory en repoussant le pot de son visage. Amory fait la moue.

"Je dis juste", dit Kara, puis elle regarde la moue de sa fille et lui fait un câlin. "Tu sais que je m'inquiète juste pour toi", dit-elle.

"Ouais", dit Amory en serrant sa mère dans ses bras.

"Et promets-moi que tu prendras soin de toi pendant ton absence."

"Je le ferai, maman", dit Amory, "je le promets."

"Bien", dit Kara. "Maintenant, préparons le dîner."

Chapitre 2

BLAKE

Le Dr Blake Gold est épuisée. Elle a passé les six dernières heures au travail, se précipitant de pièce en pièce pour aider différents patients. Elle ne veut rien d'autre que rentrer chez elle et dormir, mais elle sait qu'elle ne peut pas. Il lui reste encore deux heures dans la journée de travail et quelqu'un attend qu'elle finisse de travailler pour qu'ils puissent rentrer ensemble à la maison.

Elle doit également encore faire ses valises avant son vol de demain. Elle a à peine commencé et elle soupçonne qu'elle ne dormira pas cette nuit. Mais elle suppose qu'elle peut toujours dormir dans l'avion. Après tout, c'est un long vol.

Le Dr Gold entre dans la chambre d'un autre patient pour une autre consultation. Heureusement, celui-ci est facile. Le patient est un garçon de sept ans présentant des symptômes classiques de la grippe et il suffit d'un test pour confirmer le diagnostic. Le Dr Gold prie pour que la grippe ne commence pas à se propager dans leur ville. Nous sommes peut-être au milieu de l'été et en dehors de la saison habituelle des maladies, mais des choses étranges se sont produites.

Elle sort de la pièce lorsqu'elle est arrêtée par une infirmière qui l'appelle par son nom.

"Docteur Gold", dit l'infirmière Hannah, "Comment allez-vous ?"

Blake s'arrête et regarde Hannah. "Bien."

« Êtes-vous excité pour votre voyage ? demande Hannah. « La Zambie, n'est-ce pas ? C'est excitant."

"Oh ouais", dit Blake, "je suis super excité."

"Êtes-vous nerveux ?" elle demande.

"Non, ce n'est pas mon premier voyage hors du pays."

« Oh ouais », dit Hannah, « quelques autres infirmières m'ont dit que vous aviez fait des voyages avec Médecins sans frontières à plusieurs reprises au fil des ans. Ce est tellement cool."« Ouais », acquiesce

Blake, « c'est plutôt cool. C'est toujours agréable de visiter de nouveaux endroits et d'aider les gens. Pourquoi ? Tu penses y aller ? »

« Oh, je ne sais pas », répond Hannah.

« Tu devrais », lui répond Blake. « C'est vraiment enrichissant et c'est toujours amusant d'explorer de nouveaux endroits. »

« Tu n'as pas à t'inquiéter de tomber malade ? »

« Ouais, mais il existe des vaccins pour presque tout », explique Blake.

« As-tu reçu ton vaccin contre le choléra ? » demande Hannah.

« Je l'ai fait, et je suis à jour sur tout le reste, donc ça devrait aller. »

« Mais et si tu ne l'es pas ? » demande Hannah, « tu n'es pas inquiète ? »

« Pas vraiment », répond Blake. « Ce n'est pas mon premier rodéo. »

Hannah rit. « Je suppose que c'est vrai », dit-elle. « En tout cas, bonne chance et j'espère que tu t'amuseras. »

« Bon, je ne sais pas à quel point je vais m'amuser puisque c'est un voyage d'affaires, mais je suis sûr que je trouverai quelque chose », dit Blake.

« Ou quelqu'un », dit Hannah, lui lançant un regard entendu avant que Blake ne sente une main sur sa taille.

« Et de quoi parlez-vous tous les deux ? » demande le Dr Taylor, se joignant à la conversation.

« Le voyage du Dr Gold », répond Hannah.

« Oh oui ? » demande le Dr Taylor, regardant Blake d'un air coquet. « Êtes-vous excité ? »

Le Dr Gold et le Dr Jenna Taylor ne sont pas dans une vraie relation ou quoi que ce soit, mais le sexe est bon. Jenna a clairement fait savoir à plusieurs reprises qu'elle n'était pas intéressée par quelque chose de plus sérieux que des plans cul, et Blake ne pense même pas savoir comment être dans une relation. Le plus près qu'elle ait jamais été était avec

Natalie, mais elle n'avait pas le cœur de Natalie. Du moins, pas complètement.

Le Dr Gold sourit au Dr Taylor et lui fait un clin d'œil. Hannah part, les laissant discuter seuls.

« Alors, tu viens chez moi après le travail ? » demande Blake.

« Tu n'as pas à faire tes valises ? » demande Jenna, mais elle n'a pas l'air trop inquiète. Jenna connaît bien Blake. Ils étaient amis depuis longtemps avant de décider de commencer à avoir des relations sexuelles ensemble.

« Eh », dit Blake en haussant les épaules, « ça peut attendre. »

« Ok », dit Jenna en riant, « dans ce cas, j'adorerais venir. Je dois d'abord rentrer à la maison. Je peux peut-être te montrer mes nouveaux jouets. »

« Ça a l'air d'être un plan », dit Blake.

Jenna regarde autour d'elle pour voir si quelqu'un regarde avant de se pencher et d'embrasser rapidement Blake sur la joue.

« Je te verrai plus tard », dit-elle.

Jenna part, retourne à son travail, et Blake retourne également au travail. Elle sait que ces deux prochaines heures vont être incroyablement lentes. Surtout qu'elle fantasme sur le fait d'avoir Jenna sur son dos, gémissant pour elle pendant qu'elle la baise. Jenna est amusante, mais Blake sait qu'ils ne sont pas faits l'un pour l'autre, à part au lit.

C'est juste un moment de plaisir et Blake se demande combien de temps cela va durer et quelle sera la prochaine étape pour elle.

Lorsque Blake quitte la clinique où elle travaille, elle reçoit un appel téléphonique. C'est Jenna, et elle répond immédiatement.

"Hé," dit-elle, "quoi de neuf ?"

Jenna prend un moment pour répondre et Blake peut entendre un bruit en arrière-plan.

"Je prépare mes affaires en ce moment, mais est-ce que je peux passer la nuit chez toi ?"

"Bien sûr", répond Blake, "est-ce que tout va bien ?"

"Ouais," répond Jenna. «Je viens de rencontrer quelqu'un en ligne et nous prévoyons de nous rencontrer demain avant le travail et votre logement est plus proche de la ville. De plus, je peux d'abord vous déposer à l'aéroport.

"D'accord, ouais", répond Blake, "ça a l'air bien, mais ne te soucie pas du désordre."

"Votre maison est toujours en désordre", dit Jenna, "et ça ne me dérange pas."

"Voulez-vous le canapé ou partager le lit?" » demande Blake, essayant de se demander si elle a des draps de rechange propres à mettre sur le canapé. Elle sait qu'elle aurait vraiment dû nettoyer sa maison avant de partir en voyage, mais elle a été très occupée. Cela, et le ménage est parfois très difficile pour elle. Elle n'a jamais compris les gens qui aiment faire le ménage, et elle se demande si elle peut payer quelqu'un pour faire le ménage à sa place pendant son absence.

"Le lit va bien", dit Jenna, "je serai là dans environ une heure."

"Ça marche", dit Blake, déjà presque arrivé à son appartement. Elle habite à proximité de la clinique, à distance de marche, ce qui lui convient très bien, mais parfois elle souhaite pouvoir avoir une maison ou quelque chose du genre. Peut-être quelque chose en banlieue, loin du bruit de la circulation. Quelque chose de paisible et de stéréotypé, mais elle suppose qu'elle n'a jamais vraiment eu de raison de s'installer ainsi.

De retour à la maison, elle fait un léger ménage. Même si elle décide de payer quelqu'un pour nettoyer sa maison pendant son absence et que Jenna accepte de surveiller les choses, elle devrait au moins vider son appartement de toutes les ordures afin de ne pas avoir d'insectes ou quoi que ce soit de dégoûtant comme ça. Elle est peut-être en désordre, mais elle n'est pas dégoûtante.

Après une trentaine de minutes, Blake décide qu'elle a mérité une pause. Elle s'assoit sur le canapé et émet un son psst psst. Bientôt, quatre petites pattes déferlent dans le salon. C'est Millie, son chat noir et blanc à poil court.

Blake tapote l'endroit vide du canapé à côté d'elle et Millie saute du sol sur le canapé. Blake reste assise là pendant un moment, caressant son chat pendant qu'elle attend.

Jenna arrive plus tard. Lorsqu'on frappe à la porte, elle se retrouve bientôt pressée contre elle avec les lèvres de Blake sur les siennes. Elle gémit dans la bouche de Blake et Blake se presse contre elle, voulant être aussi près d'elle que possible avec eux deux entièrement habillés.

"Devrions-nous apporter ça dans la chambre?" demande Jenna.

"S'il te plaît", dit Blake, essoufflé, et tous deux se dirigent vers sa chambre.

Blake apprécie à quel point Jenna se sent bien sous elle. Comme elle a l'air bien quand elle gémit à l'oreille de Blake.

Elle n'arrive pas à croire que Jenna ait jamais pensé qu'elle était hétéro. Elle n'est certainement pas hétéro. Pour Blake, avoir des relations sexuelles avec des hommes était comme une mauvaise blague. Une chose qu'elle n'a jamais eu envie d'essayer.

La première fois que Blake a eu des relations sexuelles avec une femme, c'était la première fois qu'elle a eu un orgasme. C'était époustouflant. Blake avait toujours su que les lesbiennes existaient, mais jusqu'à ce jour fatidique à l'université, elle aurait juré que ce n'était pas elle. Jusqu'à ce que ce soit le cas, et alors il n'y avait plus aucun retour en arrière.

Blake gémit quand Jenna enlève son soutien-gorge et touche ses seins. Cela fait environ une semaine depuis la dernière fois qu'ils ont fait l'amour et ça lui manque.

Elle aide Jenna à se déshabiller et les deux se dirigent vers le lit. Blake rit quand ils atterrissent parmi les oreillers, et elle prend la bouche de Jenna dans la sienne, haletant alors qu'ils s'embrassent tous les deux.

Blake se souvient de la peur qu'elle a ressentie lorsqu'elle a compris qu'elle était définitivement attirée à cent pour cent par les femmes et lorsqu'elle a réalisé qu'elle devrait en parler à d'autres personnes. Tout s'est bien passé au début, quand elle l'a dit à ses amis. Une seule d'entre elles a eu un problème et c'était une fille très religieuse qui s'est ensuite excusée pour sa réaction négative. Ses parents, cependant, étaient une autre histoire et Blake a attendu longtemps pour leur raconter.

Elle se souvient encore des regards choqués sur leurs visages lorsqu'elle leur a présenté sa petite amie d'alors lors de la remise de son diplôme universitaire. Son père a crié et a fait une scène en public, ce qui l'a choquée. Et sa mère a pleuré, quelque chose qui lui a fait plus mal que tout.

Maintenant, ça ne fait plus autant mal. Blake sait qui elle est et en est venue à s'aimer pour cela. Cependant, ses parents ne sont jamais allés aussi loin et elle leur a à peine parlé depuis. Cependant, Blake a appris à s'en sortir et elle les manque rarement. Ils ne lui ont même pas manqué lorsqu'ils ne se sont pas présentés à l'obtention de son diplôme de médecine. Quelque chose dont elle sait que son père aurait été fier si elle n'avait pas eu un penchant pour baiser des femmes.

Lorsque Jenna touche le clitoris de Blake, toutes ses pensées s'envolent par la fenêtre, elle est de retour dans le moment présent, et tout ce qu'elle sait, c'est à quel point elle aime les femmes.

"Oh mon Dieu", dit Blake.

Jenna rit et embrasse son épaule alors qu'elle commence à frotter de petits cercles sur le clitoris de Blake. Blake lui attrape la tête et marmonne des incohérences. C'est tellement, et c'est comme le paradis.

Blake et Jenna continuent à s'embrasser et à se toucher habilement jusqu'à ce qu'ils jouissent tous les deux au moins une fois. Pour Blake, elle vient deux fois, compensant la dernière fois qu'ils étaient ensemble lorsque le sexe a été écourté et qu'elle n'a pas atteint l'orgasme une seule fois. Jenna arrive avec un cri et s'allonge sur le lit, complètement épuisée.

Blake rit et l'embrasse sur l'épaule. Même si ni Jenna ni Blake ne veulent que leur relation devienne romantique, ils se donnent quand même de petites affections, comme de doux baisers et se tiennent la main. Après tout, ils sont amis, et Blake a toujours été susceptible avec ses amis.

Blake s'allonge à côté de Jenna et se blottit à côté d'elle, étant la grande cuillère. C'était sa partie préférée du sexe de tous les temps : les câlins après. Avec Jenna, c'est un peu gênant, mais elle aime quand même ça. Cependant, cela la rend parfois triste de penser qu'elle n'a pas de relation dans laquelle elle peut faire cela tout le temps avec quelqu'un. La douce intimité qu'elle trouvait dans ses relations amoureuses, lorsqu'ils étaient un peu plus que de simples amis ou copains de baise, lui manque. Elle ne sait pas comment expliquer ce sentiment, mais elle le veut à nouveau.

La dernière fois qu'elle pensait vraiment avoir trouvé quelqu'un avec qui elle pourrait être pendant longtemps, l'autre femme s'est avérée être en couple avec quelqu'un d'autre et l'a rompue après que l'autre femme l'ait découvert. Blake ne devrait pas être surpris. Elle aurait dû s'en douter. Elle savait que Natalie était en couple, qu'elle avait une petite amie, mais Blake était si maladif qu'elle s'en fichait.

Elle espérait que Natalie quitterait sa petite amie et qu'elles seraient toutes les deux ensemble. Mais c'était un espoir insensé et immature. Maintenant, Blake le sait. Natalie a rompu avec Blake presque immédiatement après que sa petite amie les ait surpris au lit ensemble, et il ne semble pas qu'elle ait jamais regardé en arrière.

Blake ne sait pas ce qui s'est passé après leur arrestation, ne sait pas si elle et sa petite amie se sont réconciliées ou si elles sont toujours ensemble sept ans plus tard. Tout ce que Blake sait, c'est qu'elle n'a plus eu de relation depuis.

Elle ne sait pas pourquoi. Elle a eu des chagrins plus durs que Natalie, et elle n'a jamais eu beaucoup de problème à dépoussiérer la saleté et à se remettre en selle dans le monde des rencontres. Avec Natalie, cependant, elle a vécu quelque chose qu'elle n'a pas vécu avec ses autres relations ratées. Elle se sentait coupable. Tellement de culpabilité que c'en était accablant.

Après tout, le fait que Blake connaisse la petite amie de Natalie n'aidait pas. Natalie ne lui avait jamais donné de nom ni montré de photo de sa petite amie, mais lorsqu'elle a ouvert la porte pour voir Natalie et Blake au lit, Blake savait exactement qui elle était.

Pour être tout à fait honnête, Blake ne sait pas pourquoi connaître la petite amie de Natalie lui a fait ressentir autant de culpabilité. Tous deux se détestaient depuis des années. Le Dr Amory Paver avait l'habitude de saboter les notes de Blake à l'école de médecine et de bavarder à son sujet, et Blake volait des patients à Amory et effaçait son nom des dossiers pendant leur résidence. Ils s'étaient toujours détestés.

Mais, suppose Blake, elle ne peut toujours pas oublier l'expression du visage d'Amory lorsqu'elle a surpris Natalie au lit avec Blake. C'était l'expression la plus navrée que Blake ait jamais vue chez une autre personne, et elle ne pourra jamais oublier cette expression.

Après un moment de câlins, Jenna s'endort et Blake se retire soigneusement du lit. Elle se dirige vers le placard dans son couloir. Elle suppose que c'était censé être une armoire à linge, mais Blake n'utilise guère les accessoires de son appartement aux fins prévues, et l'utilise plutôt pour ranger des déchets aléatoires qu'elle utilise rarement. C'est aussi le placard où elle range sa valise.

Elle trouve sa valise au fond du placard. C'est une chose noire et géante avec des roues, donc c'est assez facile à déplacer et Blake en est reconnaissant. Sinon, elle devrait trimballer ce truc géant.

Blake roule la valise dans sa chambre et fait de son mieux pour rester silencieuse pendant qu'elle prépare tout ce dont elle pense avoir besoin. Quand elle a fini avec ça, elle retourne au placard et sort son vieux sac à dos d'université. Elle l'a utilisé plusieurs fois au fil des ans, mais pas souvent. C'est géant et elle préfère généralement emballer légèrement.

Cependant, pour un vol aussi long, faire ses valises à la légère n'est pas une bonne idée. Elle glisse son ordinateur portable, quelques livres et une couverture légère dans le sac à dos. Elle pensera probablement à quelque chose à la dernière minute à apporter avec elle, mais pour l'instant, c'est une bonne combinaison.

Chapitre 3

AMORY

Amory prend le bus pour l'aéroport et part tôt le matin. Sa mère avait proposé de passer la nuit et de la conduire, mais Amory a refusé. Elle a déjà acheté le pass de bus il y a plus d'une semaine et ne voulait pas le perdre. De plus, sa mère a du travail aujourd'hui et Amory ne voulait pas risquer qu'elle le rate.

C'est un peu gênant de prendre le bus pour l'aéroport. Ce n'est pas la première fois qu'Amory prend le bus, mais c'est la première fois qu'elle prend le bus avec autant de choses avec elle. Elle est également très fatiguée et lutte contre l'envie de poser sa tête sur sa valise et de faire une sieste. Elle décide que malgré l'envie, ce n'est probablement pas la meilleure idée. Leur ville est assez sûre, mais elle ne veut pas risquer que quelqu'un la voie dormir et décide de prendre son sac à dos à côté d'elle.

Lorsqu'Amory arrive à l'aéroport, elle enregistre ses bagages et passe la sécurité de l'aéroport. Tout ce qu'elle a sur elle est un petit sac à dos avec un ordinateur portable et un oreiller de voyage, donc le voyage à travers la TSA est relativement indolore. Elle est arrivée à l'aéroport plus d'une heure plus tôt, il n'y a donc pas grand-chose à faire à part s'asseoir et attendre.

Maman : Tu es à l'aéroport ?

Amory : ouais.

Maman : Bonne chance. Bon voyage.

Amory : Merci. Je t'aime.

Maman : Je t'aime aussi.

Elle ouvre son sac à dos et sort son ordinateur portable pour accélérer l'attente. Elle ouvre un livre sur son ordinateur portable et commence à lire. C'est un roman d'amour torride - Le PDG d'Emily Hayes. Elle est peut-être médecin, mais ses lectures amusantes ne reflètent pas cela. Et elle est accro aux romans d'amour depuis qu'elle et Natalie ont rompu.

Ils aident à soulager la douleur dans son cœur et son désir de relation. Pas beaucoup, mais pendant qu'elle lit des articles sur le sexe torride et les moments heureux pour toujours, elle peut oublier son propre statut relationnel et cela l'aide. Elle peut imaginer qu'elle vit une romance éclair avec beaucoup d'amour et du bon sexe.

Elle s'assoit et lit en attendant que l'avion commence à embarquer. Quand c'est son tour de monter dans l'avion, elle range son ordinateur portable et ses tableaux. Il n'y a pas de sièges assignés alors elle trouve une place près d'une fenêtre et attend.

Elle doit s'asseoir à côté d'un siège près de la fenêtre, a-t-elle décidé. Si elle n'a pas la capacité de regarder à l'extérieur, sa tête se remplira de toutes sortes d'idées terrifiantes et de la peur qu'elles s'effondrent. Elle doit donc regarder dehors pour s'assurer qu'ils vont bien. C'est la partie du voyage qu'Amory aime le moins : voler. Les avions la terrifient. Le simple fait d'en prendre un lui donne de l'anxiété.

Elle a entendu trop d'histoires d'horreur sur des avions qui s'écrasent ou sur un voyage en avion qui est tout simplement un enfer pour les autres passagers à bord. Elle espère vraiment qu'il n'y aura pas un bébé qui crie à bord tout le temps ou une vieille dame qui ne veut pas se taire tout le temps. Elle veut juste pouvoir s'endormir pendant le trajet en avion et se réveiller à l'aéroport en un seul morceau.

Quand quelqu'un s'assoit à côté d'elle, Amory gémit intérieurement et décide qu'elle devrait être une passagère polie et saluer la personne assise à côté d'elle, mais quand elle se tourne pour regarder, son cœur s'arrête et son sang bout.

Debout là, dans un costume avec une couverture sur les épaules se trouve la personne la moins appréciée d'Amory : le Dr. Blake Gold. Rival de l'école de médecine, ennemi de la résidence, celui-qui-a-baisé-sa-petite-amie, oui, ce Dr Blake Gold.

"Envie de te voir ici", dit Blake avec un sourire narquois, qu'Amory veut effacer de son visage saisissant.

Le Dr Blake Gold est grand et en forme avec des cheveux noirs courts. Elle a de grands yeux marron foncé et un sourire narquois trop confiant. Amory la déteste toujours.

Amory ne peut vraiment pas échapper à cette femme ni aux souvenirs douloureux. D'abord, il s'agissait de trouver la bague dans sa commode et maintenant, ça a été 24 heures difficiles. Elle se renfrogne et se retourne en croisant les bras.

"Quoi?" Blake pousse.

«Je n'ai rien à te dire», dit Amory.

« Comme tu veux », dit Blake en tendant la main à côté d'elle jusqu'à l'endroit où elle a posé son propre sac à dos. Elle l'ouvre et en sort un livre.

Amory essaie de ne pas regarder, mais elle ne peut pas s'en empêcher. Son être même est rempli de colère face à ce que Blake lui a fait, mais elle ne peut réprimer sa curiosité.

"Qu'est-ce que tu fais ici?" elle demande.

"Je pensais que tu n'avais rien à me dire." Blake répond, souriant à nouveau.

Amory veut la frapper au visage, mais parvient à ne pas le faire.

"Fermez-la." » dit Amory, en colère mais mourant d'envie de savoir pourquoi Blake est là. L'esprit d'Amory aboutit immédiatement à la pire conclusion : peut-être que Blake est ici pour la même raison qu'elle. Elle essaie de se raisonner : il est très peu probable que Blake se rende également en Afrique pour aider à lutter contre la récente épidémie de choléra. Mais ensuite Blake ouvre la bouche.

«Je vais en Zambie», annonce Blake.

Le monde d'Amory bégaie et elle se fige un instant.

"Fermez-la. Non, ce n'est pas le cas », répond Amory.

"Oui, je le suis", dit Blake, "et je suppose que, d'après votre mécontentement, c'est là que vous allez également."

« Je n'arrive pas à croire que cela se produise », déclare Amory.

"Eh bien, crois-le, chérie", dit Blake, "parce que c'est le cas."

Les yeux marron de Blake brillaient et pétillaient. Amory ne pouvait s'empêcher d'admettre qu'elle était très attirante. Pourquoi fallait-il qu'elle soit si grande et si belle ?

Amory gémit. « Pourquoi dois-tu être ici ? Tu n'aurais pas pu au moins t'asseoir ailleurs ?

"Quoi ? Et rater une chance de voir ton beau visage ?

Amory rougit mais gémit à nouveau. "Fermez-la."

« Vous n'arrêtez pas de dire ça », dit Blake.

"Eh bien, je le pense vraiment", rétorque Amory.

"Pourtant, tu continues à me parler", souligne Blake. Elle passe une main dans ses cheveux noirs courts et les ébouriffe. Même ses cheveux en désordre sont sexy.

Mon Dieu, je la déteste.

"Très bien", dit Amory en croisant les bras et en regardant par la fenêtre.

Blake rit et commence à lire son livre au moment même où une hôtesse de l'air commence le discours d'avant-vol.

Amory est capable d'ignorer Blake pendant environ la première heure du vol. Cela fait des années qu'elle n'a pas pris l'avion et, malgré ses craintes, elle est fascinée par l'apparence des nuages et par la petite taille de la ville en dessous d'eux.

Cependant, bientôt sa curiosité prend le dessus sur elle et elle ne peut plus ignorer Blake. Elle a besoin de savoir.

« Alors pourquoi vas-tu en Zambie ? » » demande Amory, ayant déjà assumé la réponse, mais elle veut la confirmation.

Blake arrête de lire son livre et sourit à Amory. Amory essaie d'ignorer la chaleur et la colère qu'elle ressent sous le regard de Blake.

« Je suis en voyage de travail », répond Blake, mais ne fournit pas plus d'informations.

Cela n'a pas d'importance, cependant, car avec une sensation de serrement dans la poitrine, Amory pense qu'elle sait pourquoi Blake va au même endroit qu'elle.

« S'il vous plaît, dites-moi que vous n'êtes pas avec Médecins sans frontières pour aider à lutter contre l'épidémie de choléra », dit Amory.

Blake la regarde mais ne dit rien pendant un moment. Elle tourne une page de son livre avant de le poser.

"Alors tu veux que je te mente?" » demande-t-elle en retirant ses lèvres charnues de ses dents blanches parfaites.

Amory gémit et met sa tête dans ses mains.

« Vous vous moquez de moi », dit-elle.

"Désolé, chérie", dit Blake, mais elle n'a pas l'air désolé et Amory veut la frapper à nouveau.

Elle voit les mains fortes et capables de Blake et ne peut que les imaginer en train de baiser Natalie.

Oh! Pour l'amour de Dieu.

Amory gémit encore et regarde par la fenêtre. Elle savait qu'elle ne serait pas la seule médecin à venir des États-Unis pour l'aider, mais elle n'aurait jamais imaginé qu'un de ses collègues ne serait autre que le Dr Blake Gold, son ancien rival, ennemi détesté, la femme qui a couché avec elle. petite amie.

Elle n'arrive pas à croire à son malheur, et elle jure que cela doit avoir été intentionnel par un dessein cruel. Ce n'est un secret pour personne qu'elle n'aime pas le Dr Gold, et quelqu'un se moque sûrement d'elle en ce moment.

Elle ne sait pas comment elle va pouvoir traverser tout ce voyage avec tout son professionnalisme intact. Blake est toujours aussi exaspérante, et ce qui est pire, c'est qu'elle agit comme si elle n'avait jamais fait de tort à Amory. A-t-elle oublié ce qu'elle lui a fait, ou est-ce qu'elle s'en fiche ? Amory n'arrive pas à comprendre et cela la rend folle à mesure que le vol s'éternise.

Elle n'arrive pas à s'endormir comme elle l'avait prévu, analysant plutôt ses interactions avec Blake. Elle n'arrive pas à se remettre de la façon dont l'autre femme est exaspérante ou de la façon dont son ventre se réchauffe à chaque fois qu'elle la regarde.

Elle se met alors à penser à Natalie, pour la deuxième fois cette semaine, et elle déteste ça. Elle a essayé si fort d'oublier la femme qu'elle aimait autrefois, et elle a surtout réussi au fil des années, se plongeant dans son travail au lieu de penser à son ex-petite amie et au fait qu'elle ne peut plus faire suffisamment confiance à personne pour sortir avec elle.

Mais maintenant, elle ne peut pas l'oublier. La simple présence du Dr Blake Gold exige de penser à elle. Elle se demande ce que Natalie a vu en elle. Elle est visiblement attirante, bien sûr, mais Amory n'arrive pas à se remettre à quel point elle est exaspérante, à quel point elle est sûre d'elle et trop confiante. C'est peut-être là son attrait, car comparé à Blake, Amory n'a jamais eu beaucoup de confiance.

Amory a toujours dû travailler si dur pour être assez bonne en tant que médecin, elle n'a jamais eu assez de temps pour s'amuser ou profiter des plaisirs de la vie. La médecine a toujours semblé venir naturellement à Blake, tout était toujours facile pour elle, y compris séduire les femmes. Tous. Y compris les hétéros et les copines des autres.

Aucune femme n'était en sécurité devant le sourire exaspérant et parfait et le charme facile du Dr Blake Gold, c'était un fait bien connu.

Amory ne comprend pas ; Qu'est-ce qui pourrait pousser quelqu'un à tromper ou à tromper le partenaire de quelqu'un ? Elle n'en rêverait jamais, étant toujours loyale, mais elle veut savoir ce qui pousserait quelqu'un à cela. C'est une curiosité autodestructrice, elle le sait. Mais cela ne l'empêche pas de trop réfléchir.

Peut-être qu'il y avait quelque chose qui n'allait pas chez elle et c'est pourquoi Natalie a décidé de tricher. Peut-être qu'elle n'était pas assez là ou qu'elle n'était pas assez bien au lit. Qu'est-ce que le Dr Blake Gold a de plus qu'elle n'a pas ?

Amory n'arrête pas d'y penser et ça la rend folle. Elle ouvre son ordinateur portable et accède à l'un des livres téléchargés. Si Blake peut lire assis à côté d'elle, elle aussi. Mais elle a du mal à se concentrer sur les mots. La présence de Blake la distrait.

Le reste du voyage en avion continue ainsi. Blake lit, Amory essaie de lire et échoue. Amory espère et prie simplement pour que partout où Blake aille, ce ne soit pas le même endroit qu'elle. Il existe sûrement plus d'une douzaine de cliniques différentes ouvertes pour soutenir l'épidémie de choléra. Après tout, le voyage en avion pourrait n'être qu'une coïncidence. Lorsqu'ils arrivent à l'aéroport, il se pourrait que Blake se rende dans une clinique complètement différente, et c'est ce qu'espère Amory.

Mais ses espoirs ne fonctionnent pas. Lorsqu'ils arrivent à l'aéroport, ils restent tous les deux silencieux pendant qu'ils récupèrent leurs bagages, Amory cherche autour d'elle le chauffeur qui avait promis de venir la chercher, et elle voit un panneau en carton avec son nom dessus. Dr Paver. Cependant, sous son nom, il y en a un autre et elle a envie de pleurer. Dr Gold.

Amory regarde Blake et voit que Blake la regarde déjà. Beaux yeux et visage. De belles épaules larges et une élégance naturelle dans son mouvement.

«Je te déteste», dit Amory à Blake avec autant de venin qu'elle peut en rassembler.

Elle ne peut nier les sentiments de plaisir et de culpabilité qu'elle ressent lorsque l'expression de Blake se transforme en douleur. Blake ne dit rien et tous deux se dirigent vers l'homme qui tient la pancarte.

"Ravi de vous rencontrer", dit Amory, ignorant Blake, "je suis le docteur Paver."

"Et je suis le docteur Gold", dit Blake.

"Bienvenue", dit l'homme, "je m'appelle Rajan et je suis là pour vous conduire à votre cabine."

« Attendez, » dit Amory, « notre cabane ? nous partageons une cabine ?

"Oui, madame", dit Rajan. "Nous sommes généralement deux par cabine, parfois trois ou quatre, mais vous serez les seuls à partager votre cabine."

"Génial", dit Amory, essayant de ne pas laisser apparaître son mécontentement alors qu'elle regarde Blake. Comme si cette journée ne pouvait pas être pire. Elle ne sait pas comment elle va survivre à ce voyage si Blake doit être la première personne qu'elle voit le matin et la dernière chose qu'elle voit avant d'aller se coucher.

«Viens, viens», dit Rajan. "Allons à la voiture et je vais vous faire visiter."

Rajan parle alors qu'il les conduit dehors vers une voiture noire, apparemment ignorant de l'animosité de Blake et Amory l'un envers l'autre, et des regards sales qu'Amory continue de lancer à Blake. Mais tout ce que Blake fait, c'est sourire et lui rendre son sourire, et cela la rend folle. Lorsque Rajan trouve la voiture sur le parking de l'aéroport, il les aide tous les deux à mettre leurs bagages dans le coffre, puis Blake et Amory montent à l'intérieur, partageant la banquette arrière.

Rajan prend le volant et commence à conduire une fois que tout le monde est installé et attaché.

Sur le chemin de leur cabane, il leur montre la ville, leur montrant les marchés et les commerces qui, selon lui, les intéresseront.

Mais ce qui intéresse vraiment Amory, c'est la clinique. Rajan les informe que ce n'est qu'à cinq minutes à pied de chez eux et elle le manque presque, mais quand elle voit le petit bâtiment avec des gens faisant la queue à l'extérieur, elle est impatiente de se rendre au travail.

Rajan se dirige vers un autre pâté de maisons et ils arrivent dans une zone entourée de petites cabanes. Rajan montre leur cabine et gare la voiture.

« Nous y sommes », dit-il. « Avez-vous besoin d'aide pour déposer vos bagages ? »

"Non merci", dit Blake.

"Nous l'avons eu, merci", lui dit Amory.

"Bien sûr", dit Rajan en déverrouillant les portières de la voiture et en ouvrant le coffre. Il reste dans la voiture, et une fois qu'ils ont tous deux retiré leurs sacs à dos et leurs bagages, il baisse la vitre du côté conducteur. Il tend la main vers l'extérieur, tenant deux clés en métal.

Blake s'avance et les prend des mains de Rajan. « Merci », dit-elle.

"Je vais partir mais je suis sûr que je vous reverrai tous les deux", dit-il.

«Au revoir», lui dit Amory.

« Bon retour en voiture », dit Blake.

"Oh, je vis très près", dit Rajan, "je serai en sécurité. Vous vous adaptez bien tous les deux.

"Nous le ferons", dit Blake, et Amory ne peut empêcher le regard noir qu'elle lui lance.

Rajan s'en va, ignorant la situation dans laquelle se trouvent les femmes.

Blake tient les clés de la cabine dans sa main et regarde Amory.

Elle est terriblement attirante.

« Allons-nous entrer ? » elle demande.

"D'accord," dit Amory avec un soupir, "allons-y."

Chapitre 4

BLAKE

Blake regarde derrière elle le Dr Amory Paver alors qu'elle déverrouille la porte de la cabine. Amory a eu l'air en colère tout au long du vol et son joli visage semble bouleversé maintenant et Blake ne peut pas lui en vouloir. Blake sait qu'elle a tout gâché il y a toutes ces années, mais elle ne sait pas quoi faire.

Les longs cheveux d'Amory échappent à l'élastique et de douces mèches miellées tombent sur son visage. Il n'a jamais échappé à Blake qu'Amory est belle ; avec un joli visage féminin, des traits délicats et de grands yeux bleu aqua. Même si le problème avec Amory, c'est qu'elle a toujours été trop tendue.

Elle et Amory n'ont jamais été très proches, mais que dites-vous à la fille dont vous avez baisé la petite amie il y a des années ? Et maintenant, ils partagent une cabine ensemble et devraient travailler ensemble pour la première fois depuis des années.

Blake ne comprend pas pourquoi, mais elle espère que c'est peut-être une seconde chance. Peut-être qu'elle pourra se racheter, même si elle ne sait pas comment.

Elle ouvre la porte et la tient ouverte pour Amory, qui entre, traînant sa valise derrière elle, et Blake ne peut s'empêcher de regarder le balancement de ses hanches sous son sac à dos. Elle détourne le regard. Elle n'aurait pas dû regarder en premier lieu.

Une fois qu'Amory est à l'intérieur, Blake fait rouler sa valise à travers la porte et ferme la porte derrière elle avant de regarder autour d'elle. Il y a un petit coin cuisine, une pièce qui mène à une petite salle de bain et un problème.

"C'est quoi ce bordel", dit Amory en regardant au centre de la pièce, où Blake regarde également. « Il n'y a qu'un seul lit ?

Ce n'est pas non plus un grand lit. C'est un de ces longs jumeaux, comme ceux qu'on voit sur les campus universitaires.

"Eh bien", dit Blake, ne sachant pas vraiment quoi dire, "oui, il y en a."

"Que sommes nous sensés faire?" demande Amory. « Où sommes-nous censés dormir ?

"Je suppose que nous pourrions partager le lit", suggère Blake, et Amory fait un bruit de dégoût qui lui rappelle qu'Amory la déteste, qu'ils sont censés se détester.

"Je ne partage pas de lit avec toi", déclare Amory, et Blake doit prétendre que cette déclaration ne lui fait pas de mal.

"Eh bien, où vas-tu dormir alors?" demande Blake. "Parce que je ne dors pas par terre." Cela ne lui importe pas qu'Amory la déteste, et probablement à juste titre, si elle veut faire toute une histoire en partageant un lit, alors elle peut dormir ailleurs.

"Très bien", dit Amory, "je vais dormir par terre, alors."

"Sérieusement?" demande Blake.

"C'est mieux que de coucher avec toi", dit Amory, et Blake lève les yeux au ciel. C'est juste un lit. Amory est trop dramatique.

"Si c'est ce que tu veux, alors très bien", répond Blake.

«Je déteste ça», dit Amory.

"Comme tu me détestes?" » demande Blake, incapable de résister à la tentation de la faire s'élever. Et, d'accord, si elle est honnête avec elle-même, l'idée que quiconque la déteste pique. Mais elle suppose qu'elle le mérite. Elle ne savait pas que Natalie était la petite amie d'Amory jusqu'à ce qu'Amory les surprenne ensemble, mais elle savait que Natalie avait une petite amie et qu'elle couchait toujours avec elle.

C'était horrible, ce qu'elle a fait, et elle peut le reconnaître maintenant, même si elle était plus jeune et plus excitée, elle ne voyait pas à quel point coucher avec la petite amie de quelqu'un d'autre était une mauvaise idée. Elle sait aussi que parfois elle était une garce pour Amory à l'école de médecine et pendant leur résidence en chirurgie ensemble, mais Amory n'a jamais été un saint. Les deux étaient à couteaux tirés tout le temps qu'ils se connaissaient.

Cependant, tout a atteint son paroxysme lorsqu'Amory a surpris Blake avec Natalie, et les deux se sont à peine parlé depuis.

"Je te déteste plus que cet endroit", déclare Amory, et Blake ne peut ignorer à quel point cela fait mal, peu importe à quel point elle le veut.

Il y a quelque chose dans le fait d'être détesté qui ne va jamais bien. Même si elle sait qu'elle le mérite, elle ne peut pas se débarrasser de cette envie de faire quelque chose, de se rattraper auprès d'Amory, de s'excuser et de le penser. Après tout, ce sont toutes les deux des femmes homosexuelles dans le domaine médical. Sur le papier, les deux ont plus de similitudes que de différences. Mais, suppose Blake, ce n'est pas ainsi que la vie se déroule.

"Je vais faire bouillir de l'eau", dit Blake en changeant de sujet, "je meurs de faim."

"Très bien", dit Amory.

"Veux tu aider?" demande Blake.

Amory soupire. "Je crois que oui. Peut-être prouver à ma mère que je ne vais pas mourir de faim.

Blake ne sait pas de quoi Amory parle alors elle se dirige vers le petit coin cuisine et regarde autour d'elle pour voir ce qu'il y a là. Elle trouve des casseroles, des poêles, des pâtes et du bœuf haché dans le réfrigérateur. Il existe également des fruits et légumes en conserve et des haricots. Les haricots semblent être une bonne idée, mais vu le temps qu'ils mettent à cuire, elle sait qu'ils seront là toute la nuit, alors elle et Amory choisissent des pâtes à la viande.

Il y a aussi des jus de fruits et des bouteilles d'eau dans le réfrigérateur à boire. Avec le choléra qui sévit, elle suppose que c'est une alternative beaucoup plus sûre que de boire l'eau du robinet, mais pour les pâtes, tant qu'elles font bouillir l'eau, elles seront sans danger.

Elle commence à cuisiner et Amory l'aide en silence. Ce n'est pas non plus un silence confortable. En fait, c'est l'un des silences les plus inconfortables que Blake ait jamais connu. La colère d'Amory rayonne d'elle comme la lumière d'une étoile, et Blake continue de la regarder pour recevoir des regards noirs en retour. Elle essaie de ne pas se laisser déranger.

Elle fait un sourire narquois à Amory et Amory détourne le regard avec frustration.

"Y a-t-il des épices ici?" demande Amory.

"Je vais regarder", dit Blake en trouvant des épices dans un placard au-dessus de sa tête. Elle les tend à Amory, qui ne lui dit même pas de remerciement.

Blake finit de faire bouillir les pâtes et Amory les assaisonne. Ils s'assoient tous les deux à la petite table de la cabane et mangent.

Blake gémit quand elle met un peu de nourriture dans sa bouche. Amory a fait du bon travail.

«C'est tellement bon», dit-elle.

«Dis ça à ma mère», dit Amory.

"Quoi?" demande Blake.

«Rien», dit Amory.

"Non", dit Blake, "et ta mère?"

"Ce n'est rien. Elle pense juste que je ne sais pas cuisiner.

"Eh bien, elle ne doit pas avoir de papilles gustatives", dit Blake. "C'est bien."

Amory hausse les épaules. "Tout le monde peut faire des pâtes."

«Je n'en sais rien», dit Blake. « Vous auriez dû me voir quand j'étais encore à l'université, avant mes études de médecine. Je ne pouvais même pas cuisiner des ramen.

Amory la regarde avec inquiétude. "Qu'est-ce que tu as mangé?" elle demande.

"Eh bien, j'ai dépensé beaucoup trop d'argent pour un plan de repas", dit Blake, "mais quand les réfectoires étaient fermés, je mangeais simplement des ramen dans des paquets."

Amory grimace. "Brut."

"Je sais", dit Blake, "mais c'est bien." Elle fait signe aux pâtes.

Amory ne dit rien d'autre, mais elle sourit au compliment de Blake.

«Je suis épuisé», dit Blake. Entre la nourriture et le fait de ne pas pouvoir dormir pendant le trajet en avion, elle a vraiment envie de dormir toute une journée. Mais elle sait qu'elle ne peut pas faire ça. Elle doit travailler demain, de bonne heure et de bonne heure. Et les fuseaux horaires la déroutent définitivement.

«Moi non plus», dit Amory, «ce voyage en avion ne me convenait pas du tout.»

« Allons nous coucher », dit Blake, puis elle regarde Amory, le lit et le sol. "Es-tu sûr de vouloir dormir par terre ?"

Amory regarde Blake. "Je ne couche pas avec toi."

"Comme vous le souhaitez", dit Blake, "mais je suis sûr que le lit est beaucoup plus confortable que le plancher de cette cabine."

«Je m'en sortirai», dit Amory, pince-sans-rire.

"Très bien", dit Blake, ne sachant pas quoi dire d'autre. Après tout, Amory est un adulte. Si elle veut faire toute une histoire en partageant un lit, Blake ne peut pas l'en empêcher.

«Prenez au moins quelques oreillers et couvertures», dit Blake.

"Oh, j'avais prévu ça."

Blake se dirige vers le lit, prend l'une des deux couettes et un oreiller et les pose par terre. Elle veut aider Amory à installer son endroit pour dormir, mais elle ne sait pas si cela sera bien reçu et elle et Amory sont déjà sur de la glace. Alors elle regarde Amory gonfler l'oreiller et plier la couverture en deux, à la manière d'un sac de couchage.

"Ça a l'air tellement confortable", dit Blake sarcastiquement.

"Tais-toi", dit Amory, ses yeux bleus brillants dangereusement et Blake le fait, se dirigeant vers le lit et s'enveloppant dans les restes de couverture.

Elle regarde Amory s'installer sur le sol et soupirer. Elle n'a jamais connu Amory aussi têtu, mais elle suppose qu'elle ne devrait pas être surprise. Après tout, il faut un certain entêtement pour devenir médecin.

Blake est épuisé, mais Jenna continue de lui envoyer des SMS. Elle sait que ce n'est pas sa faute. Ils n'avaient pas vraiment bien planifié les changements de fuseau horaire, mais Blake se sent de plus en plus frustrée par le manque de sommeil.

Jenna : Êtes-vous arrivée à destination en toute sécurité ? Je n'ai jamais eu de tes nouvelles après ton atterrissage

Blake : Oui, mais vous n'allez jamais croire ce qui s'est passé.

Blake regarde le sol, où Amory essaie de s'endormir, se tourne sur le côté et essaie de trouver une position confortable.

Jenna : Dites-moi que cela n'a rien à voir avec le fait que le Dr Paver

Blake avait parlé à Jenna du voyage en avion et de tout, mais elle n'a pas réussi à l'informer de la situation dans la cabine.

Blake : nous partageons une cabine

Jenna : Mon Dieu. Bonne chance mon ami

Blake : mdr. J'en ai besoin. Elle me déteste aux tripes.

Jenna : Je veux dire, pour ne pas avoir l'air d'une garce, mais peux-tu lui en vouloir ?

Blake : Non, je ne peux pas, mais c'est ça qui est nul.

Blake : Je veux m'excuser mais je ne sais même pas comment

Jenna : Je veux dire, tu peux dire que tu es désolé, mais qui sait si elle te croira même

Blake : Je veux juste lui faire savoir que je suis pas la même personne que j'étais à l'époque

Blake : Ce que j'ai fait était super foutu, mais je le sais maintenant.

Jenna : Alors dis-lui ça.

Blake : Ouais, mais qui sait si elle écoutera

Jenna : Eh bien, tu ne peux pas la faire écouter

Jenna : Mais tu ne sauras jamais si tu n'essayes pas. Vous serez tous les deux malheureux.

Blake soupire et regarde à nouveau Amory. Les yeux d'Amory sont fermés, ses longs cils vacillent, mais Blake peut dire à sa respiration qu'elle est toujours éveillée. Elle se demande pourquoi doit-elle être si têtue ? Mais là encore, pourquoi Blake a-t-elle dû coucher avec sa petite amie ?

Blake : Ouais. Je pourrais lui parler plus tard. Il est très tard ici en ce moment.

Blake : Et nous sommes tous les deux très fatigués donc je te parlerai plus tard.

Jenna : D'accord. Bonne nuit.

Blake : Bonne nuit.

Blake ferme les yeux et s'endort. Mais cela ne dure pas longtemps. Elle se réveille quelques heures plus tard et Amory se retourne et se retourne par terre. Blake s'efforce de l'ignorer et de se rendormir, mais elle n'y parvient pas. Amory soupirant et se retournant sur le sol envahit ses pensées, et elle n'arrive pas à vider suffisamment son esprit pour s'endormir.

Blake soupire puis elle commence à s'énerver. Par exemple, elle comprend qu'Amory la déteste, et elle comprend pourquoi, mais elle n'a pas besoin d'être si têtue au point de se sentir mal à l'aise. Elle ne comprend pas. Elle ne ferait jamais ça si elle était à la place d'Amory. Mais là encore, elle n'est pas et n'a jamais été dans la situation d'Amory.

Amory se retourne à nouveau et gémit.

Blake lève les yeux au ciel et regarde là où Amory dort. Ce ne serait pas si grave si Amory ne parlait pas si fort de son inconfort, mais maintenant Blake n'arrive pas à dormir et elle a besoin de dormir. Elle ressemble encore parfois à une adolescente, surtout quand il s'agit de dormir. Si elle ne dispose pas d'au moins neuf heures, elle est malheureuse le lendemain. C'est en partie la raison pour laquelle elle était si garce pendant ses études de médecine et sa résidence.

Blake essaie d'ignorer Amory une fois de plus, et cela fonctionne pendant environ une heure, car elle est capable de sombrer dans un sommeil agité, mais elle se réveille ensuite et elle s'énerve. Elle a vraiment besoin qu'Amory arrête de rouler ou la rejoigne dans le lit.

Peut-être nu.

Bon sang, Blake ! Éteignez votre libido inappropriée pour une fois.

"Oh," dit Blake en poussant un gémissement trop dramatique, "ce lit est vraiment confortable."

"Va te faire foutre."

«C'est tellement confortable que je pourrais dormir ici pour toujours», dit Blake.

"Va te faire foutre", dit encore Amory avec un gémissement.

"Eh bien, au moins, je ne me retourne pas", dit Blake. "Je dors sur un matelas confortable, si confortable que je pourrais m'y enfoncer."

«Tu dois te taire», dit Amory.

"C'est toi qui le dis", dit Blake. "Vous faites tellement de bruit que je suis sûr que la clinique peut vous entendre d'ici."

"Eh bien, excusez-moi, mais je suis mal à l'aise."

"Et à qui la faute, chérie?" demande Blake. "Hein?"

"Le vôtre", dit Amory.

"Le mien?" demande Blake. « Comment est-ce ma faute ? »

"Pourquoi ne demandes-tu pas à mon ex-petite amie?" dit Amory.

"Je ne savais pas qu'elle était ta petite amie à l'époque."

«C'est des conneries», déclare Amory. "Comment peux-tu ne pas savoir?"

"Eh bien, ce n'est pas comme si j'étais un harceleur fou qui connaît chaque détail de ta vie", dit Blake, "et elle n'a jamais parlé de toi."

"Sérieusement?" demande Amory.

"Oui, sérieusement", dit Blake. "Elle a dit qu'elle avait une petite amie, mais elle n'a jamais dit qui ni m'a donné de nom."

"Attends", répond Amory, "tu savais qu'elle avait une petite amie et tu couchais toujours avec elle ? Même si tu ne savais pas qu'elle était ma petite amie, c'est toujours aussi foutu.

Blake fronce les sourcils, mais Amory a raison. Ce qu'elle a fait il y a toutes ces années est foutu, mais c'était quand même il y a des années. Elle était une personne différente à l'époque.

«J'étais un idiot», dit Blake.

"Vous avez bien compris", acquiesce Amory.

« Mais pour ce que ça vaut, poursuit Blake, je ne ferais pas ça maintenant. J'ai appris de mes erreurs.

"Est-ce que c'est censé améliorer les choses?" demande Amory.

"Que voulez-vous de moi?" demande Blake. "Des excuses? Parce que je suis désolé. Ce que j'ai fait était foutu. Même si nous ne nous sommes jamais aimés, ce que j'ai fait était foireux et je n'aurais jamais dû coucher avec Natalie.

"Je m'en fiche si tu es désolé", répond Amory, du venin dans ses mots. "Ce que je veux, c'est que tu tombes mort."

"Quel est votre problème?" demande Blake.

"Tu as couché avec ma copine!" S'exclame Amory.

«Il y a des années», dit Blake. « Et j'ai changé depuis. Les gens sont autorisés à changer. Tout comme je sais que tu as changé au fil des années, ou tu veux me dire que tu es la même fille qui a saboté mes notes de biologie à l'école de médecine ?

Amory fronce les sourcils mais elle ne sait pas quoi dire à Blake. Elle ne peut pas être en désaccord avec elle, car elle a raison, mais elle ne veut pas non plus être d'accord avec elle.

"Peu importe", dit Amory en se retournant sur son oreiller, mais elle arrête de se retourner autant et Blake parvient à se détendre un peu.

Cela prend cependant un certain temps à Blake après ce qu'elle a dit. Elle se demande si ses paroles sont parvenues à Amory ou si l'autre femme se contente de la détester pour le reste de sa vie. Si tel est le cas, ce sera le voyage le plus long et le plus douloureux de tous les temps.

Et pourquoi je ne peux pas arrêter de me demander à quoi elle ressemble nue ?

Chapitre 5

Amoury

Amory souffre en travaillant. Elle a mal au dos et a mal au cou, probablement à cause d'avoir dormi par terre toute la nuit. Elle est également épuisée. Elle a à peine pu dormir la nuit dernière dans la même cabine que Blake Gold et le sol n'était pas du tout confortable.

Elle est confrontée à un autre patient atteint du choléra dans la petite clinique où ils travaillent. Elle peut entendre la voix grave et sexy de Blake derrière le rideau et lève les yeux au ciel alors qu'elle essaie désespérément de l'ignorer et de se concentrer sur son patient.

Pourquoi sa voix est-elle sexy ?

La patiente a déjà une intraveineuse dans le bras et Amory lui prescrit des antibiotiques pour l'aider avant de quitter la petite zone fermée par un rideau et de se diriger vers un autre patient.

La journée passe comme ça et c'est abrutissant de traiter la même chose encore et encore, mais Amory est heureux de l'aider. Elle ne peut cependant pas s'empêcher de penser à Blake et à leur conversation d'hier soir. La répétitivité de son travail n'aide pas non plus. Elle a déjà un cerveau hyperactif et est facilement capable de trop réfléchir pendant qu'elle travaille.

Elle ne veut pas pardonner à Blake. Dans son esprit, ce que Blake a fait est impardonnable, mais ce qu'elle a dit hier soir lui est resté à l'esprit. Blake a raison, les gens changent et font des bêtises quand ils sont plus jeunes. Amory peut en témoigner. Elle a fait des choses horribles quand elle était plus jeune, comme laisser un ami à une fête et saboter les notes de Blake.

Mais c'est une personne différente maintenant. Elle ne rêverait jamais de faire ces choses maintenant. Elle a appris et grandi en vieillissant et en vivant davantage. Elle se demande si elle est trop dure et si Blake a vraiment changé. Et si oui, combien? Amory connaît toujours Blake comme la voleuse de petite amie trop compétitive et arrogante qu'elle était lorsqu'ils étaient ensemble dans leur programme de résidence. Elle ne la connaît pas comme la personne perspicace et désolée qu'elle était hier soir. Peut-être qu'elle devrait vraiment donner une seconde chance à Blake, apprendre à mieux la connaître.

Amory réfléchit à la façon dont elle a changé. Elle était beaucoup plus optimiste, pleine d'espoir pour l'avenir et pleine d'amour. Maintenant, cependant, elle est beaucoup plus blasée et elle n'a pas essayé de sortir avec elle depuis Natalie.

Elle est toujours blessée, et Blake est en partie responsable de cette blessure, mais maintenant Amory est également confuse et en conflit. Même si elle a dit différemment, Blake ne sachant pas que Natalie était sa petite amie change les choses.

Amory avait toujours supposé que Blake avait couché avec Natalie pour la cibler spécifiquement. Elle pensait que Blake le savait, mais maintenant qu'Amory sait le contraire, elle ne sait pas quoi penser de ça. Son idée selon laquelle Blake était simplement vindicatif a changé, et elle a l'impression de ne plus rien savoir, surtout pas comment se sentir.

Amory continue de travailler, malgré la douleur à la hanche, le torticolis et la confusion dans son cœur. Elle aime travailler, aime son travail et aime faire sourire un patient atteint de choléra de sept ans en le distrayant de l'intraveineuse qu'elle lui insère. Cependant, lorsque le prochain groupe de médecins arrive et qu'il est temps de retourner à la cabine, elle est soulagée.

La clinique est incroyablement exiguë et bruyante et en ce moment, Amory a besoin d'air frais et de calme. J'espère qu'elle pourra en obtenir un peu dans la petite cabane qu'elle partage avec quelqu'un qu'elle déteste.

Quand elle range ses affaires dans le casier portant son nom, elle se dirige vers les portes d'entrée de la clinique où elle voit que Blake l'attend. Cela n'aide certainement pas sa confusion. Elle ne sait pas pourquoi Blake essaie tant de se racheter ou de construire une relation avec elle alors qu'elle a dit qu'elle la détestait. Mais maintenant, en regardant le Blake douloureusement beau, se prélassant nonchalamment contre le mur dans un pantalon noir et un débardeur qui met en valeur sa carrure athlétique, elle prend une profonde inspiration. Les yeux bruns de Blake sont enchanteurs et elle a un sourire sur son visage qui semble séduisant et Amory ne peut pas décider si c'est fait exprès, et maintenant elle n'est plus si sûre de ce qu'elle ressent pour elle.

"Es-tu prête à partir ?" demande Blake, sa blouse blanche de médecin déjà enlevée et probablement rangée dans son casier.

"Tellement prête", dit Amory avec un soupir épuisé.

"A ce point, hein ?" demande Blake, n'ayant même pas l'air fatigué, et Amory se sent jalouse d'elle pour ça.

« Je crois que j'ai dormi sur la hanche », admet Amory. « Ça fait mal. »

« Oh, pauvre bébé », dit Blake avec un sourire narquois, un sourire qu'Amory veut effacer de son visage. « C'est presque comme s'il y avait un lit sur lequel tu aurais pu dormir à la place. »

Amory et Blake quittent la clinique, laissant les portes se refermer derrière eux.

« Oh, va te faire foutre », dit Amory en s'éloignant de Blake.

Blake se contente de rire, fort et joyeux, alors qu'elle marche pour rattraper Amory.

Amory fronce les sourcils et son cœur se serre. Depuis quand Blake est-elle devenue si facile à vivre ? Elle n'était certainement pas comme ça la dernière fois qu'ils se sont connus. Elle réalise alors que Blake a raison ; elle a changé, et Amory ne la connaît plus du tout. Elle était toujours stressée et une grande séductrice, réservant ses sourires aux médecins ou aux infirmières avec qui elle pensait avoir une chance de coucher.

Peut-être qu'elle utilise toujours ce sourire charmeur pour obtenir ce qu'elle veut. Est-ce ce qu'elle essaie de faire avec Amory ?

Quand ils arrivent tous les deux à la cabane, Blake tient la porte ouverte pour Amory, et Amory ne peut s'empêcher de penser que c'est quelque chose qu'une petite amie ferait. Peut-être que Blake est juste ce genre de personne maintenant. Elle semble définitivement beaucoup plus attentionnée et gentille.

Il est plus de cinq heures quand ils entrent dans la cabane et Amory est affamée. La clinique avait des sandwichs pour le déjeuner, mais ils n'étaient honnêtement pas si nourrissants. Et Amory veut de la vraie nourriture. Des fruits et des légumes. Elle veut aussi des haricots, mais elle sait qu'ils prendront des heures à préparer.

« Demain matin, avant le travail », suggère Amory, « nous devrions préparer une marmite de haricots pour pouvoir revenir pour le dîner. »

« Oooh », dit Blake, « ça a l'air d'être une excellente idée. Je veux du chili. »

Amory gémit à la mention de son plat préféré. « Le chili a l'air tellement bon. »

« C'est réglé alors », dit Blake. « J'ai vu des tomates en conserve dans les placards hier, donc nous aurons du chili demain. Que dirais-tu de poulet frit ce soir ? »

"Ça a l'air génial", dit Amory. "Sauf que je n'ai aucune idée de comment faire du poulet frit."

"Je vais vous montrer", propose Blake. "Mon poulet frit est le meilleur."

«Vous êtes imbu de vous-même», dit Amory.

"Peut-être", dit Blake en haussant les épaules, "mais c'est vrai."

"C'est moi qui en jugerai", dit Amory, mais elle fait un petit sourire à Blake.

"D'accord", dit Blake en riant alors qu'elle se dirige vers la cuisine, "viens ici et je vais te montrer comment c'est fait.

Les deux travaillent à la préparation du poulet frit et Amory est en conflit. C'est la femme qu'elle est censée détester, qui a couché avec sa petite amie et lui a rendu la vie misérable pendant des années. Mais maintenant, alors que Blake lui montre comment préparer du poulet frit et qu'ils discutent tous les deux, elle ne peut s'empêcher de penser à quel point il est facile de s'entendre avec Blake. Honnêtement, pense Amory, si les deux s'étaient rencontrés comme ça et pas il y a toutes ces années où ils étaient tous les deux au pire, elle peut facilement les voir devenir rapidement amis.

Cette pensée la terrifie. Elle se sent tellement en conflit autour de Blake, mais elle décide qu'elle doit se remettre d'elle-même et tirer le meilleur parti des choses. Après tout, ils travaillent ensemble et partagent une cabine. Elle ne peut pas être malheureuse tout le temps. Sa rancune contre Blake commence à se dissoudre petit à petit alors que l'autre femme lui montre patiemment comment paner et faire frire le poulet.

"Et maintenant, vous savez comment faire du poulet frit", dit Blake en utilisant des pinces pour retirer le dernier morceau de la poêle. "Ce n'était pas si difficile, n'est-ce pas?"

"Non", acquiesce Amory. "Maintenant, nous devons juste voir si c'est aussi bon que vous le dites."

"C'est vrai", promet Blake, "et si ce n'est pas le cas, je vous en blâmerai."

"Hé", s'exclame Amory à la blague, donnant à Blake un sourire enjoué et une moue, "ce n'est pas juste."

"Je pense que c'est très juste", dit Blake en ébouriffant les cheveux d'Amory.

Amory se coiffe et rit de cette attention. Elle passe un bon moment avec Blake en ce moment, et elle espère que cela ne changera pas.

Blake pose deux assiettes de poulet frit sur la petite table et s'assoit. Elle fait signe à Amory de s'asseoir. « Allez, dit-elle, ne reste pas là, toute jolie. Mangeons."

Amory rougit un peu d'être qualifiée de jolie, mais se maudit ensuite pour cela, d'avoir été affectée positivement par quelque chose que Blake a dit. Elle ne voulait probablement rien dire par là, et en plus, se rappelle Amory, changée ou non, c'est toujours la femme qui a contribué à détruire sa vie amoureuse.

Mais Amory ne peut s'empêcher d'aimer qu'on la traite de jolie ou qu'on l'affecte. Cela faisait si longtemps que personne ne lui avait dit une chose pareille.

"D'accord", dit Amory, s'efforçant d'arrêter de rougir alors qu'elle s'assoit, mais Blake le remarque.

"Oh, tu rougis."

"Tais-toi", dit Amory, les lèvres alignées alors qu'elle essaie de se cacher derrière ses cheveux. "Non, je ne suis pas."

"Ne vous inquiétez pas", dit Blake, "c'est mignon."

"Ce n'est pas mignon", rétorque Amory, "c'est ennuyeux."

"Eh bien, je suis sûr que ce n'est pas nouveau."

"Que veux-tu dire?" demande Amory.

"Les gens doivent vous traiter de jolie tout le temps", dit Blake.

"En fait, ce n'est pas le cas."

"Vraiment?" demande Blake.

"Ouais."

«Eh bien, c'est dommage», dit Blake, «parce que tu es vraiment très belle. Les gens devraient vous en dire davantage.

Amory rougit encore.

"Quoi? C'est vrai."

«Tais-toi», dit Amory.

"Pourquoi?" demande Blake. "Tu ne penses pas que tu es jolie?"

"Pas vraiment", dit Amory.

Blake secoue la tête. « Et c'est pourquoi les gens devraient vous en dire davantage. Peut-être que tu commencerais à y croire.

"Pouvons-nous juste manger", demande Amory, complètement embarrassé.

"Bien", dit Blake, puis ajoute: "Jolie fille."

Le visage d'Amory est en feu et elle prend rapidement une bouchée dans un morceau de poulet frit pour se distraire des paroles de Blake, et ça marche. Amory gémit dans la nourriture et prend une autre bouchée.

"Oh mon Dieu, c'est tellement bon!"

"Droite?" » dit Blake avec un sourire narquois. "Je t'ai dit que je fais le meilleur poulet frit."

"Eh bien, je te crois maintenant", dit Amory.

«Tu devrais toujours me croire», répond Blake. "Je ne suis pas un menteur."

Amory essaie de ne pas trop réfléchir à cette déclaration. Parce que Blake est un tricheur, ou du moins elle l'était, et ce n'est pas mieux qu'un menteur.

Ils mangent tous les deux, tout en discutant un peu.

«J'aurais aimé que cet endroit ait une télévision ou quelque chose comme ça», dit Blake. « Que sommes-nous censés faire quand nous ne sommes pas au travail ? Devenir fou d'ennui ?

"Je ne sais pas. Je suppose qu'ils n'ont pas pensé au divertissement lorsqu'ils ont créé cet endroit.

«Je suppose que je ne peux pas trop leur en vouloir», dit Blake. "C'est une épidémie assez grave."

«J'ai apporté quelques cartes avec moi», propose Amory. "Nous pouvons jouer à quelques jeux."

"Ooh," dit Blake, "nous pouvons jouer au poker."

"Je n'ai pas d'argent pour parier."

"Que diriez-vous de strip poker?" » dit Blake avec un autre sourire narquois.

Amory rougit et ne sait pas comment répondre au début, mais elle est presque sûre que Blake ne fait que plaisanter. Elle doit l'être, non ?

"Oui en effet."

"Hé, je ne suis jamais opposé à voir de jolies femmes nues."

"Il faudrait gagner pour que cela se produise", dit Amory, "et je doute que cela se produise."

Blake hausse les épaules. "Tu as probablement raison. Je suis une merde au poker.

"Je me souviens", dit Amory, se souvenant de la façon dont les résidents jouaient au poker et pariaient sur des cas quand ils en avaient le temps.

"Et si on jouait juste pour s'amuser ?" suggère Amory. "Pas de pari."

"Bien", dit Blake, puis ajoute: "C'est mieux que de ne rien faire."

Ils passent tous les deux environ une heure à jouer au poker ensemble, et Blake est aussi nul que lorsqu'Amory la connaissait.

"C'est peut-être une bonne chose que nous n'ayons pas joué au strip poker", dit Blake alors qu'elle perd un autre tour.

"Pourquoi?" demande Amory. "Tu ne veux pas que je te voie nue ?"

"Je veux dire," dit Blake en lui faisant un clin d'œil, "ça ne me dérangerait pas trop."

Amory rougit encore et Blake se moque d'elle. Amory ne peut pas dire si Blake flirte, mais elle est sûre que quoi qu'elle fasse, c'est juste pour l'embarrasser.

"Allez," dit Blake, "préparons-nous à aller au lit."

"Bien, mais je me change dans la salle de bain."

Blake rit. "D'accord chérie."

"Pas de nudité pour toi, espèce de pervers", rétorque Amory, et Blake ne fait que rire plus fort.

"D'accord alors, pendant que tu vas aux toilettes, je vais me changer ici et je serai très déçu de ne pas pouvoir voir tes seins."

Amory halète, mais elle rit. "Mon Dieu, tu es vraiment un pervers."

«Je n'ai jamais prétendu ne pas l'être», dit Blake.

Amory se contente de rire et rassemble ses vêtements avant d'aller dans la salle de bain pour se changer. Lorsqu'elle sort de la salle de bain, elle voit que Blake a également enfilé des vêtements de nuit et regarde la pile de couvertures où Amory a dormi la nuit dernière.

« Est-ce que tu dors toujours sur cette monstruosité ? demande Blake.

"Tu veux dire le sol?" demande Amory. "Ouais."

"Cela ne peut pas être confortable."

"Ce n'est pas le cas", admet Amory. «J'ai eu mal au côté toute la journée.»

Blake lui lance un regard désapprobateur. « Tu sais que tu peux toujours dormir sur le lit avec moi ; Je ne mordrai pas.

"Je ne couche pas avec toi."

"Merde", dit Blake, "je ne demande pas à coucher avec toi, je t'offre juste un endroit confortable pour dormir. Vous savez, où vous ne vous réveillerez pas avec une douleur au côté.

«Je vais bien», dit Amory, s'accrochant à son entêtement.

« Faites comme vous le souhaitez », dit Blake. "Mais c'est vraiment un lit confortable."

"Oh, va te faire foutre", dit Amory.

Elle va au sol et pose sa tête sur l'oreiller, enroulant la couverture autour d'elle. Blake va au lit et s'allonge. Amory essaie d'ignorer la façon dont le bois dur s'enfonce dans l'os de sa hanche.

Elle ferme les yeux et essaie d'ignorer Blake. Elle se retourne de l'autre côté, à l'opposé de celui sur lequel elle a dormi la nuit dernière.

Elle entend Blake soupirer depuis le lit et essaie de l'ignorer.

"Oh mon Dieu," dit Blake d'une voix trop dramatique, "Ce lit est vraiment confortable."

"Oh, tais-toi", dit Amory avec un gémissement. "Pas encore ça."

C'était déjà assez ennuyeux d'entendre Blake complimenter le lit la nuit dernière alors qu'elle essayait de dormir, mais elle ne veut pas l'entendre une deuxième journée consécutive. Ou d'autres jours, ce qui arrivera sûrement tant qu'Amory choisira de dormir par terre.

« Je dis juste que je peux t'entendre te retourner et te retourner depuis le sol. Et le lit est confortable. Cela ne me cause pas non plus de douleur ou quoi que ce soit de ce genre.

Amory essaie de l'ignorer, mais elle ne peut pas facilement ignorer la douleur à son côté.

"Vous savez quoi?" Amory dit : « J'en ai marre de cette merde. »

Amory se lève et se dirige vers le lit, portant l'oreiller et la couverture qu'elle utilisait.

« Déplacez-vous », dit-elle à Blake.

"Enfin! Sais-tu à quel point il est difficile de dormir en t'entendant bouger ainsi ?

"Essayez de dormir par terre."

"Non merci", dit Blake, et elle se déplace pour qu'Amory puisse monter dans le lit avec elle.

Amory se met dans le lit à côté de Blake et lui lance un regard dur. « Et ce n'est pas une drôle d'affaire non plus. C'est strictement professionnel.

Amory met un oreiller sous sa tête et se détourne de Blake. C'est un peu gênant, car même si le lit est confortable, il est encore petit et elle ne peut éviter de toucher Blake pendant qu'elle s'allonge.

"Quoi que tu dis, chérie", dit Blake, se tournant également pour détourner le regard d'Amory pour la mettre un peu plus à l'aise. « Chut, que je puisse m'endormir. Je suis fatigué."

« Très bien », acquiesce Amory. Elle doit être honnête avec elle-même, ce lit est confortable et elle s'endort facilement.

Quand Amory se réveille, Blake n'est plus de l'autre côté du lit. Elle a un bras enroulé autour d'Amory et est blottie contre elle. Amory se fige, ne sachant pas quoi faire. Elle est sûre que Blake n'a pas fait ça exprès, mais elle n'était pas préparée à ce qu'elle soit un câlin.

Amory était aussi un câlin. Mais elle n'a plus l'habitude de n'avoir personne d'autre dans son lit puisque Natalie fait ça à quelqu'un.

Elle resta allongée là, ne sachant pas si elle devait réveiller Blake ou essayer de retirer son bras autour d'elle sans la réveiller. Elle s'allonge sur le lit et essaie de décider, mais Blake se réveille et regarde Amory avec un sourire.

«Bonjour», dit-elle.

"Bonjour", dit Amory, mais il remarque que Blake la fait toujours dans ses bras. "Est-ce que ça te dérangerait de me quitter?"

"Oh, désolé", dit Blake, mais elle n'a pas l'air de s'excuser. Elle éloigne cependant son bras d'Amory.

"Tu es un câlin, hein?" demande Amory.

"Un gros. Cela l'a toujours été. Que je le veuille ou non. S'il y a une autre personne au lit avec moi, je gravite vers elle.

« Bon à savoir », ironise Amory.

"Cela ne va pas vous ramener au sol, n'est-ce pas?" demande Blake.

"Non c'est bon. D'ailleurs tu avais raison ; ce lit est confortable.

Blake lui fait un large sourire. "Je te l'avais dit!"

"Ouais, peu importe", dit Amory, mais elle sourit en retour à Blake. "Levons-nous et préparons des haricots."

"Woo, chili", dit Blake, et Amory rit et sort du lit.

Blake la suit et les deux travaillent ensemble pour mettre les haricots dans une marmite.

« Devrions-nous les assaisonner maintenant ou attendre ? demande Blake.

"J'attends toujours, mais nous pouvons les assaisonner un peu maintenant et les terminer plus tard lorsque nous ajouterons les tomates en conserve", explique Amory.

"Cela ressemble à un plan", dit Blake. Elle laisse Amory assaisonner les haricots, ce dont Amory est reconnaissant. Sa mère pourrait dire qu'Amory ne sait pas cuisiner, mais personne ne peut se plaindre qu'elle ne sache pas ce qu'elle fait en matière d'épices. En parlant de sa mère, elle ne lui a pas parlé depuis un moment et Amory pense qu'elle devrait la tenir au courant de tout ce qui se passe.

Amory : Maman. Les choses vont très bien

Amory : mais tu ne croiras jamais avec qui je travaille.

Amory informe sa mère de tout ce qui s'est passé depuis qu'elle a découvert que Blake était son compagnon de cabine. Mais elle ne lui dit pas qu'ils partagent un lit. Ce n'est pas comme si elle ne faisait pas confiance à sa mère ou quoi que ce soit, mais elle a peur que sa mère pense qu'il se passe autre chose. Alors que c'est absolument, définitivement, non.

Maman : C'est sauvage. Avez-vous au moins apprécié votre travail ?

Amory : Ouais. C'est un peu différent de ce à quoi je suis habitué avec

Amory : Mais je pense que je commence à comprendre les choses.

Maman : Bien. Je crois en toi. Tu as toujours été bon dans ton travail.

Amory : Ouais, mais je n'ai pas eu affaire à Blake depuis des années.

Maman : On dirait que tu le gères bien.

Amory sourit à ça. Elle ne sait pas si c'est vrai, car le fait d'être avec Blake a suscité beaucoup de sentiments inconfortables, mais au moins sa mère croit en elle, et pour le moment, c'est vraiment ce dont elle a besoin.

Chapitre 6

BLAKE

Blake est incroyablement excitée. Elle n'a pas eu de relations sexuelles depuis qu'elle a quitté les États-Unis et elle le ressent vraiment maintenant. Blake a toujours eu une forte libido, mais cela n'a jamais été un problème pour elle, elle a toujours réussi à trouver quelqu'un de joli à baiser ou elle avait un endroit privé pour se masturber.

Mais maintenant, elle n'a ni l'un ni l'autre et elle n'a pas pu descendre depuis son atterrissage il y a plus d'une semaine. Elle a emporté la plupart de ses jouets avec elle, mais elle n'a nulle part où les utiliser. Elle a envisagé de se cacher dans la salle de bain la nuit dernière, mais il y a quelque chose dans une salle de bain qui tue l'ambiance et rend difficile de s'en sortir. Peut-être que c'est le carrelage froid ou la peur qu'Amory puisse l'entendre gémir derrière les murs minces, elle ne sait pas.

Mais ce n'est pas comme si elle pouvait faire quoi que ce soit pour le moment. Blake est actuellement au travail, très distraite, et ça la tue. Elle va voir différents patients, essayant de les aider, mais après chacun, elle ne peut s'empêcher de penser à quel point elle a désespérément besoin de se faire baiser.

Quelque chose dans le fait d'être tout le temps avec Amory la met en colère.

Elle se déplace vers un autre patient, lui administre une intraveineuse et lui prescrit des antibiotiques. Elle essaie de se distraire avec son travail et de se concentrer sur l'intraveineuse. Après tout, cela fait un moment qu'elle n'enfonce plus régulièrement des aiguilles dans la peau des patients. Les infirmières de sa clinique aux États-Unis étaient principalement celles qui faisaient cela, n'ayant besoin de l'aide de Blake qu'en de rares occasions.

Aujourd'hui, Blake fait des choses qu'elle a rarement faites depuis ses études de médecine et sa résidence, lorsqu'elle se trouvait au bas de la chaîne alimentaire médicale. C'est plutôt rafraîchissant d'une certaine manière. Blake aime les nouvelles choses, sortir de sa zone de confort ou faire des choses qu'elle n'a pas faites depuis longtemps.

Au début, elle était un peu anxieuse et craignait de gâcher quelque chose, mais maintenant elle comprend les choses et a retrouvé confiance en ses compétences.

Elle passe de patient en patient et se met en rythme. Pour Blake, une fois concentrée sur son travail, il est facile de couper son cerveau. Elle travaille à un rythme rapide, ne se donnant pas le temps de penser à autre chose que son travail.

De retour chez elle, elle essayait d'aider ses patients à traverser ce qui leur arrive en leur parlant et en leur faisant des blagues, mais ici, c'est difficile ; elle ne comprend pas la langue et beaucoup de ses patients ne maîtrisent pas bien l'anglais. Cela la fait maudire les barrières linguistiques. Elle a appris quelques phrases en ligne avant de monter dans l'avion, mais elle n'avait définitivement pas le temps nécessaire pour apprendre une nouvelle langue et cela la rend impuissante, surtout lorsqu'une de ses patientes, une jeune fille, se met à pleurer. , et Blake ne peut rien faire pour la réconforter.

Blake fait de son mieux pour faire son travail et faire sortir sa patiente de la clinique le plus rapidement possible afin qu'elle puisse, espérons-le, se sentir mieux et être entourée du confort de sa famille.

À la fin de la journée, elle et Amory sortent ensemble de la clinique. Ils s'entendent beaucoup mieux tous les deux, et Blake ne sait pas vraiment pourquoi, mais elle n'est pas près de s'en plaindre. Ils sont beaucoup plus proches, presque amicaux, et Blake est très heureux de cette évolution. Elle se sent toujours mal à propos de ce qu'elle a fait avec la petite amie d'Amory il y a toutes ces années, mais il semble qu'Amory lui ait pardonné cela et c'est tout ce qu'elle peut demander.

Blake entre dans la cabine, tenant la porte ouverte pour Amory, et tous deux préparent le dîner, comme d'habitude. Blake et Amory discutent pendant qu'ils préparent à nouveau des pâtes. Il y a beaucoup de pâtes ici et après une longue journée de travail, c'est l'une des choses les plus faciles à préparer, alors ils ont mangé beaucoup de pâtes, ajoutant des légumes en conserve et de la viande pour essayer de pimenter le tout et de faire les choses différemment.

Il n'y a pas beaucoup de nourriture locale dans leur garde-manger, a remarqué Blake, et suppose que celui qui était en charge des courses a approvisionné son garde-manger avec des aliments américains plus typiques. Elle ne peut pas trop se plaindre ; cela a aidé à atténuer en partie le mal du pays, même si elle apprécie la nourriture locale au déjeuner. C'est toujours une situation difficile au déjeuner à la clinique. C'est soit de la nourriture locale, soit des sandwichs vraiment décevants.

Blake ouvre une boîte d'épinards et la mélange avec la sauce Alfredo qu'ils utilisent pour les pâtes pendant qu'Amory fait cuire le poulet sur un brûleur séparé des pâtes. Le but est d'avoir du poulet aux épinards Alfredo, et Blake est excité.

«Je n'arrive pas à croire que ta mère pense que tu ne sais pas cuisiner», dit Blake.

«Je sais», dit Amory. "C'est tellement ennuyeux. J'aime ma mère, mais elle agit encore parfois comme si j'étais une adolescente.

"C'est vraiment frustrant", répond Blake. Elle comprend la douleur de quelqu'un qui pense encore qu'elle est une version plus jeune d'elle-même alors qu'elle a définitivement changé.

"Ouais, ça craint", dit Amory, puis il fait une pause. "Je pense que je comprends ce que tu veux dire quand tu dis que tu as changé."

Blake sourit à ça. C'est agréable d'entendre ça de la part d'Amory. Elle craignait que ses mots ne lui parviennent pas, mais, suppose-t-elle, vu à quel point Amory la traitait mieux, ils devaient l'être.

"Ouais je l'ai. Et pour ce que ça vaut, je suis vraiment désolé.

"Je le sais maintenant", dit Amory, "et ça aide que je sache que tu ne savais pas qu'elle était ma petite amie."

"C'était quand même merdique", affirme Blake. "Je savais qu'elle avait une petite amie et je couchais toujours avec elle."

« Ouais, mais pendant très longtemps, j'ai pensé que tu avais couché avec elle parce qu'elle était ma petite amie. Je pensais que tu essayais de me faire du mal spécifiquement.

"Non." Blake secoue la tête. « Je ne savais pas ; J'étais juste jeune et stupide. Honnêtement, je ne voulais blesser personne. Blake soupire alors et secoue à nouveau la tête. « Mais j'ai quand même blessé quelqu'un. J'ai merdé.

L'aimiez-vous ?" » demande Amory, et Blake soupire encore parce que c'est une question compliquée. En fait, ce n'est pas une question compliquée. Elle connaît la réponse, mais elle ne sait tout simplement pas comment Amory va réagir à la réponse honnête.

"Ouais", dit Blake, décidant de serrer les dents et de donner à Amory la réponse honnête.

Amory fronce les sourcils. "Oh."

«Je suis désolé», dit Blake.

«C'est bon», lui dit Amory. « Tu sais, je suis plutôt content que tu l'aies fait. Je ne sais pas pourquoi, mais je préfère savoir que tu l'aimais et que tu prenais soin d'elle plutôt que d'avoir l'idée qu'elle n'était qu'une relation aléatoire.

«Nous avons couché ensemble pendant plus d'un an», admet Blake.

Amory prend une profonde inspiration. "Je ne le savais pas."

«Je suis vraiment désolé», dit encore Blake.

« Je sais, » dit Amory, « et je suppose qu'il vaut mieux que je le découvre. J'ai toujours été morbidement curieux de savoir combien de temps cela durait. Amory fait une pause un instant et Blake reste assis dans un silence gênant.

Le beau visage délicat et les yeux aqua d'Amory semblent tristes et Blake se sent coupable de lui avoir causé de la douleur. Ses cheveux sont en désordre et échappent à sa queue de cheval. Son débardeur gris est moulant et Blake ne peut s'empêcher de baisser son regard sur le contour des seins pleins d'Amory. Elle peut voir le gonflement du tissu là où se trouvent ses tétons et elle aime ça.

"Quand est-ce que ça s'est terminé ?" demande Amory.

«Quand tu nous as surpris au lit. Je l'aimais vraiment et elle n'arrêtait pas de me dire qu'elle allait quitter sa petite amie pendant tout le temps où nous étions ensemble, mais ensuite tu nous as attrapés, et je ne sais pas... »

« J'ai arrêté de lui parler », dit Amory. . «Je l'ai expulsée et tout. Je ne l'ai plus jamais revue après ça.

« Je ne le savais pas. Pour être honnête, j'ai toujours supposé que vous vous étiez réconciliés ou quelque chose du genre.

"Nous ne l'avons certainement pas fait", dit Amory avec un rire sans enthousiasme.

"Ouais, je le sais maintenant."

"Alors qu'est-ce qu'elle t'a dit après que je t'ai attrapé ?" demande Amory.

« Elle n'a rien dit », dit Blake. "Après que tu nous as attrapés, elle a couru après toi et je n'ai plus jamais entendu parler d'elle."

"Quoi?!"

«Oui, après son départ, j'ai essayé de lui envoyer des SMS et de l'appeler, et elle n'a jamais répondu. Je n'ai pas abandonné pendant des semaines et je n'ai jamais eu de nouvelles d'elle. C'est pourquoi j'ai supposé que vous vous étiez remis ensemble. Elle m'a complètement fantôme.

"C'est tellement étrange", dit Amory en fronçant les sourcils. "On dirait qu'elle nous a brisé le cœur à tous les deux."

Blake fronce les sourcils. Elle n'y avait jamais vraiment pensé de cette façon. Elle s'était toujours blâmée pour ce qui s'était passé, se disant à quel point elle était stupide d'être tombée amoureuse d'une femme qui avait une petite amie, mais elle n'avait jamais blâmé Natalie. Maintenant, elle se demande pourquoi elle ne l'a pas fait. Natalie l'a dirigée pendant plus d'un an, n'a cessé de lui promettre d'être avec elle, et Blake a toujours trouvé des excuses pour cela.

"Merde!" Amory se retourne soudainement vers la cuisinière. "J'ai été distrait."

"Que veux-tu dire?" demande Blake.

Amory montre la poêle. «Je pense que j'ai légèrement brûlé le poulet», dit-elle.

"Merde." Blake se souvient qu'elle était censée surveiller les pâtes.

Elle le remue et remarque que certains morceaux sont brûlés et collés au fond de la casserole. «Je pense que j'ai aussi été distraite», dit-elle.

Amory rit et éteint le chauffage. "Bon, au moins c'est cuit, même si c'est un peu trop cuit."

"C'est vrai", dit Blake en riant. Ils combinent les pâtes, la sauce et le poulet et les apportent à table pour les manger.

"Ce n'est pas mal", dit Blake en mâchant sa première bouchée.

Elle se rend compte qu'elle aime regarder les lèvres d'Amory pendant qu'elle mange.

Complet. Rose. Distrayant.

« C'est peut-être pour cela que ma mère pense que je ne sais pas cuisiner », dit Amory.

Blake secoue la tête. « Ignorez ça. Tout le monde fait des erreurs et j'ai aussi été distrait.

"Ouais, mais c'était une bonne conversation."

« Un projet indispensable », reconnaît Blake.

Amory soupire puis s'arrête un instant. "J'allais lui proposer."

"Quoi?" demande Blake.

«Ouais», dit Amory. «J'ai même acheté une bague et j'avais prévu un moment et un endroit agréables pour proposer. Ce serait là que nous avions notre premier rendez-vous.

"Maintenant, je me sens vraiment merdique", gémit Blake.

« Ne le fais pas, » dit Amory, « je commence à réaliser que tu as aussi été une victime dans tout ça, tout comme moi. Vous avez peut-être merdé en couchant avec quelqu'un dont vous saviez qu'il avait une petite amie, mais Natalie a encore plus merdé en nous enchaînant tous les deux pendant un an. Et tu étais amoureux. Je pense que tout le monde a fait quelque chose de stupide au nom de l'amour.

"Ouais", reconnaît Blake, "c'était certainement stupide."

"Laissez-moi vous demander ceci", commence Amory, "Saviez-vous qu'elle était en couple lorsque vous vous êtes rencontrés pour la première fois ?"

Blake secoue la tête. "Non, nous nous sommes rencontrés sur un site de rencontres et avons commencé à nous rencontrer et à avoir des rendez-vous. Je n'ai découvert qu'elle avait une petite amie qu'après des mois.

Amory hoche la tête. "Ouais," dit-elle, "je pense que tu es moins une personne horrible pour avoir couché avec Natalie que tu ne le pensais, ou même que je ne le pensais."

Blake fronça les sourcils, mais ça signifie beaucoup d'entendre ça venant d'Amory. Blake ne s'est jamais vraiment pardonné ce qu'elle a fait, mais entendre que la personne à qui elle a fait le plus de tort lui a pardonné... Eh bien, cela signifie beaucoup pour elle.

Blake réfléchit un moment à la situation avec Natalie. C'était tellement foutu à bien des égards, et elle aurait dû rompre avec Natalie au moment où elle savait qu'elle avait une petite amie, mais avec le recul, on a vingt ans, et Blake ne l'a pas fait, et elle doit vivre avec la culpabilité de que. Mais elle découvre également comment cette expérience l'a changée, comment elle a changé pour le mieux et est devenue plus respectueuse envers les autres.

Elle a également développé une plus grande appréciation pour Amory, et elle pense, d'après le sourire sur le visage d'Amory alors qu'elle mange tranquillement, qu'elle a fait de même. Amory a été blessée, mais elle n'est plus la même personne vindicative qu'elle était lorsqu'ils se sont connus. Elle a dit à Blake qu'elle la détestait au début, mais elle l'a écoutée, a changé d'avis et a trouvé en elle-même la force de pardonner à Blake. Blake en est très reconnaissant.

Une fois le dîner terminé, Blake fait rapidement la vaisselle pendant qu'Amory va à ses affaires et prend son jeu de cartes.

"Tu veux rejouer au poker ?" » demande Amory, connaissant probablement déjà la réponse. Ils jouent au poker presque tous les soirs après le dîner. Blake s'est en fait améliorée même si elle perd généralement de façon spectaculaire.

"Bien sûr", répond Blake en se séchant les mains et en se dirigeant vers la table.

"Génial", dit Amory, puis il jette un coup d'œil à Blake. "Mais nous ne jouons certainement pas au strip poker", ajoute-t-elle.

Blake gémit d'un air espiègle, mais ce n'est pas pour plaisanter qu'elle a demandé à jouer au strip poker ce soir pour une raison. Même si elle aime voir Amory s'énerver, l'idée de l'autre femme nue la rend à nouveau désespérément excitée. C'est misérable, pense Blake, de ne pas pouvoir avoir de relations sexuelles ou se masturber. Elle n'a jamais occupé cette position auparavant.

Elle n'a jamais été dans une situation où elle n'a pas pu trouver l'intimité pour se masturber, et elle n'a jamais été dans une situation avec une autre femme homosexuelle qui n'était pas prête à baiser au moment où Blake le suggérait. Non pas que Blake le suggérerait. Sa relation avec Amory s'améliore peut-être, mais elle a toujours l'impression de se tenir sur de la glace.

Amory distribue les cartes et Blake vérifie son téléphone pour voir que Jenna lui a envoyé un texto pendant qu'elle préparait le dîner.

Jenna : Hé, comment ça va ?

Blake : Mon frère, je suis tellement excitée

qu'Amory et Blake jouent pendant un moment pendant que Blake attend que Jenna réponde. Elle n'est même pas entièrement sûre de ce qu'elle espère obtenir de Jenna, mais quand elle répond enfin, Blake est un peu déçu.

Jenna : Eh bien, ne vous attendez pas à ce que je fasse quoi que ce soit à ce sujet.

Blake fronça les sourcils devant son téléphone puis répondit à Jenna. Elle a vraiment besoin de quelque chose en ce moment, et elle pourrait le regretter, d'autant plus qu'elle n'a aucun exutoire pour ses frustrations sexuelles.

Blake : Même pas une photo ?

Jenna : Bien,

Blake se sent comme un homme hétéro, qui demande des nus, mais quand Jenna en envoie, elle se sent plus en conflit qu'autre chose. Elle est toujours excitée, bien sûr, mais les nus de Jenna ne font rien pour la servir davantage, et elle ne sait pas pourquoi ni comment se sentir à ce sujet. Normalement, Jenna envoyant des photos ferait perdre la tête à Blake, mais maintenant ce n'est plus le cas.

Elle essaie de ne pas trop y penser pendant qu'elle regarde son téléphone, le détournant pour qu'Amory ne puisse pas voir ce qu'elle regarde. Elle ne veut absolument pas qu'Amory sache tout cela.

"Êtes-vous d'accord?" » demande Amory en désignant le téléphone de Blake.

«Je vais bien», ment Blake, essayant de trouver une excuse. "Je commence juste à être fatigué."

"Pareil, honnêtement", dit Amory. "Je pensais aller me coucher tôt."

"Ça a l'air d'être une bonne idée." Et même s'il n'est que vingt heures, ils décident tous les deux de s'habiller pour aller se coucher. Peut-être que le sommeil aidera Blake à oublier son excitation.

Ce n'est pas le cas.

Blake est éveillé dans le lit, écoutant les respirations lentes d'Amory pendant qu'elle dort. Ses sous-vêtements sont mouillés et inconfortables. Elle ne sait pas quoi faire à ce sujet.

Alors qu'elle est allongée sur son lit, elle a une terrible idée. Amory dort, et ce que Blake a remarqué, c'est qu'Amory dort profondément. Elle ne se réveille jamais lorsque Blake doit se lever pour aller aux toilettes au milieu de la nuit. Elle ne le remarquerait probablement pas si Blake décidait de se toucher.

Mais c'est risqué et ce n'est pas idéal. Blake préfère généralement se masturber avec des jouets, mettant plus de temps à s'en sortir quand elle ne le fait pas. Mais il est impossible que Blake soit assez stupide pour essayer d'utiliser son vibromasseur alors qu'elle est dans le même lit qu'une autre femme. Blake ne veut pas qu'Amory sache ce qu'elle va faire. Dans l'état actuel des choses, se faire prendre serait mortifiant, et elle est sûre qu'Amory ne l'apprécierait pas du tout.

Blake teste le terrain en s'éloignant le plus possible d'Amory, et elle met une main dans son pantalon. Utiliser ses doigts est de toute façon préférable, car si Amory se réveillait, elle pourrait simplement dire qu'elle se grattait. Et aussi embarrassant que cela puisse être, ils vivent ensemble et tous deux se sont habitués aux habitudes et aux fonctions corporelles étranges et embarrassantes de l'autre.

Elle dépasse la ceinture de son pantalon de pyjama et retire l'élastique de son sous-vêtement là où elle sent ses poils pubiens. Elle touche légèrement son clitoris et commence à frotter de petits cercles autour. Dieu, ça fait du bien. Elle est refoulée depuis des jours et elle commence à avancer plus vite.

Alors qu'elle bouge son doigt, elle commence à s'éloigner de là où elle se trouve, oubliant qu'elle partage actuellement un lit avec quelqu'un. La chaleur dans son estomac augmente et elle devient de plus en plus nécessiteuse.

Elle est incroyablement mouillée et l'humidité pénètre sur ses doigts lorsqu'elle les bouge. Elle veut des doigts en elle, veut une bouche sur la sienne. Cela fait trop longtemps qu'elle n'a pas embrassé quelqu'un. Jenna n'a jamais été du genre à faire de longs et chauds baisers.

En se touchant, elle se demande si Amory aime les séances de baiser passionnées. Elle ne peut pas s'en empêcher ; elle se demande quel goût a Amory et à quoi elle ressemblerait en se tortillant sous Blake, en gémissant son nom. Cette pensée fait haleter Blake alors qu'elle se touche plus fort et elle déplace son autre main vers sa ceinture.

Elle met deux doigts en elle et imagine Amory l'embrassant et enfonçant ses dents dans le cou de Blake. L'image ne fait que la rendre encore plus désespérée et Blake halète doucement, avant de se rappeler exactement où elle se trouve et qui est dans le lit à côté d'elle.

Elle enfonce ses dents dans sa lèvre inférieure et la douleur est agréable alors qu'elle continue de se toucher, progressant à un rythme plus rapide. Elle ne peut pas empêcher les petits gémissements qui s'échappent de ses lèvres, mais elle fait de son mieux, mordant plus fort, et elle se retrouve à souhaiter vraiment que ce soient les dents d'Amory qui s'enfoncent dans ses lèvres.

Cette nouvelle fascination pour Amory Paver va être sa mort. Elle ne peut pas nier qu'Amory a toujours été attirante, mais Blake n'a définitivement jamais pensé à elle en descendant auparavant.

Blake se déplace plus vite, se sentant se rapprocher, et elle se tortille légèrement dans le lit. Pendant un instant, elle oublie elle-même et où elle se trouve, mais lorsqu'elle s'en souvient à nouveau, elle essaie de se forcer à se calmer.

«Oh mon Dieu», se murmure Blake.

"Quoi?" Amory répond et Blake se fige.

Elle regarde Amory, qui la regarde, les yeux écarquillés mais endormis.

"Oh mon Dieu", dit Amory, et Blake rougit en retirant ses mains de son pantalon.

« Ce n'est rien », dit Blake.

"Oh mon Dieu", répète Amory.

"Je me grattais juste." Blake essaie de mentir, mais elle sait qu'Amory n'est pas si stupide. Elle sait qu'elle sait.

"Oh mon Dieu."

« Écoutez, » dit Blake, paniqué, « je suis désolé. Oubliez simplement ce qui s'est passé.

"Oublier ce qui s'est passé?" dit Amory. "Tu venais juste de descendre avec moi dans le même lit que toi pendant que tu gémissais mon nom."

Le cerveau de Blake devient vide à ça. Gémir son nom ? Elle ne s'en souvient pas, mais elle ne pense certainement pas qu'Amory ment. Elle rougit à nouveau et se détourne d'Amory. Elle enfouit sa tête dans l'oreiller.

"Tais-toi", dit Blake, essayant de tout nier. "Non, je ne l'étais pas."

"Vous l'étiez certainement", dit Amory, "ne le niez pas."

"Je peux le nier si je le souhaite."

«Regarde-moi», dit Amory.

"Non," dit Blake en secouant la tête contre l'oreiller. "Je suis si bon."

"Non, vraiment", dit Amory en tendant la main et en attrapant Blake par les racines de ses cheveux courts. "Regardez-moi."

Elle attrape les cheveux de Blake et la force à la regarder, mais en saisissant brutalement ses cheveux, Blake gémit et Amory se contente de rire. Elle a l'air complètement choquée par ce qui vient de se passer et elle lâche les cheveux de Blake.

Blake se conforme à la demande d'Amory et la regarde, croisant les bras autour de sa poitrine et essayant d'éviter son regard. C'est tellement embarrassant. Blake ne sait pas quoi faire ou ressentir. Tout ce qu'elle sait, c'est qu'elle se sent humiliée et inquiète. Mais, suppose-t-elle, la bonne nouvelle est qu'Amory ne semble pas en colère contre elle.

Elle regarde Amory et remarque qu'elle rit. Non, elle semble apprécier l'humiliation de Blake.

« As-tu au moins réussi à venir ? » demande Amory, donc ce genre de fait n'a rien à voir avec elle. Mais c'est tout pour Blake et elle rougit à nouveau et secoue la tête.

"Comment ça se fait?" demande Amory.

"Parce que tu viens de te réveiller!" s'exclame-t-elle, incrédule.

"Eh bien, tu ne semblais pas avoir de problème pendant que je dormais", fait remarquer Amory. "Alors ne me laisse pas éveillé t'arrêter."

"Quoi?" » demande Blake, complètement confus. Amory ne semble vraiment pas avoir de problème avec ça et cela fait bégayer le cerveau de Blake. Ne devrait-elle pas être bouleversée ?

Amory se rapproche de Blake, si près que leurs lèvres se touchent presque et que le souffle de Blake s'arrête.

"Qu'est-ce que tu fais ?" Blake bégaie.

"Je veux te voir", murmure Amory, et le cerveau de Blake se met à brrr.

"Hein?" » demande Blake, sans comprendre, et c'est à ce moment-là qu'Amory fait quelque chose auquel elle ne s'attendait certainement pas. Elle l'embrasse. Blake haleta en sentant les lèvres d'Amory sur les siennes. Ils sont doux et le baiser est doux et quand Amory s'éloigne, Blake en veut plus.

Blake retourne là où se trouve Amory et l'embrasse à nouveau. Leurs lèvres bougent l'une contre l'autre et Blake presse fortement ses lèvres contre celles d'Amory, inclinant ainsi sa tête contre son oreiller.

Amory gémit et Blake halète contre elle. Elle veut entendre à nouveau ce son. Amory a l'air si bien quand elle gémit, et Blake peut se sentir de plus en plus mouillée.

"S'il te plaît?" Blake supplie.

"Oh, la pauvre", taquine Amory. "Avez-vous besoin de plus?"

«Oui», supplie Blake.

Chapitre 7

AMORY

Amory n'arrive pas à croire qu'elle fait ça. Elle embrasse Blake, se mordant la lèvre au passage. Blake gémit et Amory bouge pour qu'elle soit sur elle.

Blake halète lorsque les hanches d'Amory rencontrent les siennes et Amory gémit dans les lèvres de Blake. Elle n'était pas excitée hier soir quand elle s'est endormie, mais après s'être réveillée avec un spectacle, elle l'est définitivement maintenant, et il n'y a rien qui l'excite plus que des gémissements. Blake tient définitivement ses promesses sur ce front, haletant et gémissant alors qu'elle l'embrasse.

Amory mord à nouveau la lèvre de Blake et Blake enroule un bras autour de sa taille, la rapprochant. Amory comprend le message et se rapproche de Blake, mettant son genou entre ses jambes. Elle rit presque quand Blake se tord les hanches et se grince du genou.

Blake gémit et Amory rit de cela, appréciant vraiment de regarder Blake normalement calme, si nécessiteux et désespéré.

Blake porte toujours son pantalon de pyjama, tout comme Amory. Amory décide qu'elle doit résoudre ce problème. Les deux sont définitivement trop habillés.

Amory prend ses doigts et les met dans la ceinture du pantalon de Blake. "Vous devez les enlever", dit-elle.

Blake rougit un peu, mais elle commence à se remettre du choc initial d'Amory lui rendant la pareille, et elle sourit à Amory alors qu'elle les baisse, les sous-vêtements et tout.

"Viens ici, bébé", dit Blake, "laisse-moi te déshabiller."

C'est maintenant au tour d'Amory de rougir, et elle le fait, sentant son visage se réchauffer d'embarras. Cela n'aide pas qu'elle soit déjà brûlante de désir. Mais maintenant, Blake veut la voir nue, et elle le veut plus que tout en ce moment, mais l'embarras ne s'arrête pas.

Amory se rapproche de Blake et lui donne un baiser sur les lèvres. C'est doux et court et dans la seconde qui suit, Amory est allongée sur le dos sur le lit avec Blake sur elle. Elle doit admettre que le changement de position est brûlant, et elle halète face à ce changement soudain.

Blake déplace ses mains vers l'ourlet de la chemise d'Amory, ce qui, selon Amory, n'est définitivement pas juste étant donné que Blake porte toujours sa chemise. Mais elle laisse Blake passer sa chemise par-dessus sa tête et regarder ses seins.

"Putain," dit Blake à bout de souffle, "Tu es tellement chaud."

Amory sourit, profitant de l'attention. Elle attrape la chemise de Blake, mais Blake lui prend les mains et les épingle au-dessus de sa tête.

«Euh, euh. Pantalon d'abord, puis j'enlèverai ma chemise.

Amory fronce les sourcils mais soulève ses hanches pour que Blake puisse lâcher ses mains et la soulager de son pantalon et de ses sous-vêtements. Amory n'est pas entièrement satisfait de cela. Même si l'air est bon sur ses jambes nues, elle aimait être coincée par Blake. C'est un nouveau développement. Personne ne l'a jamais coincée auparavant et maintenant elle en veut plus.

Cependant, il y a quelque chose qu'elle veut un peu plus en ce moment : la chemise de Blake par terre.

Amory attrape sa chemise et aide Blake à la passer par-dessus sa tête. Une fois qu'elle l'a enlevé, Amory le jette par terre où il rejoint le reste de leurs vêtements.

Amory regarde les seins de Blake. Ils sont pleins et ronds et ses tétons sont brun foncé et dressés, et elle veut les attraper, pincer les tétons de Blake et apprendre quels sons elle émettra lorsqu'elle le fera.

Amory lève la main et attrape le sein gauche de Blake, le serrant fort et Blake haleta. Le halètement se transforme rapidement en gémissement lorsqu'Amory lui pince le mamelon et qu'Amory regarde entre les cuisses de Blake pour voir qu'elles sont lisses.

Amory n'est pas beaucoup mieux. Elle veut désespérément que Blake la baise, veut ses doigts à l'intérieur d'elle et peut-être des vibrations ou peut-être la bouche de Blake sur son clitoris.

"Je, euh," commence Amory, un peu gêné, "J'ai apporté un vibromasseur avec moi."

Blake rit. « Il n'y a pas lieu d'être gêné », dit-elle. «J'ai apporté toute une collection de jouets avec moi.»

Amory fronça les sourcils, confus. "Alors pourquoi ne les as-tu pas utilisés sur toi-même ?"

« Parce que lorsque je les ai amenés, je ne m'attendais pas à partager une chambre ou un lit avec qui que ce soit », explique Blake. "Je veux dire, pourquoi n'as-tu pas utilisé le tien ?"

Amory est gênée de ne pas y avoir pensé. Le désir doit vraiment obscurcir ses pensées. "La même raison."

"Exactement", dit Blake en riant. "Mais si j'avais su que tu allais être d'accord, je ne me serais certainement pas retenu."

"Je ne savais pas que ça me conviendrait, mais il s'avère que je ne pouvais pas m'en empêcher."

Blake lui sourit. "C'est bon à savoir", dit-elle. "Alors, ton jouet ou le mien?"

"Euh," Amory s'arrête une seconde pour réfléchir, ne sachant pas si elle est à l'aise avec les jouets de Blake sur elle. "Le mien."

"Où est-il?" demande Blake.

"La pochette latérale de ma valise."

Blake se lève et se dirige vers la valise d'Amory. Elle décompresse la pochette latérale et en sort le vibromasseur lapin rose.

Blake le tient là où Amory peut voir. "Celui-ci?" demande-t-elle en l'allumant et Amory peut entendre les vibrations.

"Ouais," dit Amory, rougissant toujours.

Blake se dirige vers le lit et éteint le vibromasseur. Amory est un peu confus et fronce les sourcils vers Blake.

«J'y reviendrai dans une minute», dit Blake. "Je veux te sentir d'abord."

Amory haleta et Blake grimpa sur elle.

Blake écarte ses doigts sur les cuisses nues d'Amory et Amory halète devant les doigts chauds de Blake. Ses cuisses sont incroyablement sensibles et tout contact sert à l'exciter. Sa peau picote et elle courbe légèrement les hanches.

Blake rit et rapproche ses doigts de la chatte d'Amory. Elle met deux doigts à l'intérieur d'elle et les écarte doucement pendant qu'Amory en redemande.

"S'il te plaît," supplie Amory.

Blake se sent si bien en elle.

"Patience, chérie", dit Blake en utilisant son autre main pour frotter le clitoris d'Amory. Elle s'approche d'elle et dépose un doux baiser sur ses lèvres. Amory lui rend son baiser, plus fort et désespéré d'en avoir plus. Elle veut une grosse séance de maquillage.

L'une des choses préférées d'Amory est d'embrasser, de s'embrasser, d'être chauds et désespérés. Honnêtement, elle préfère parfois cela plutôt que d'avoir des doigts à l'intérieur d'elle, mais pour le moment, elle ne se plaint certainement pas pendant que Blake la baise avec le doigt.

Mais elle en veut plus. La vitesse élevée de son vibrateur est ce sur quoi elle compte pour jouir depuis des années et elle ne sait même pas si elle peut s'en passer. Elle se demande cependant si elle pourrait venir des doigts habiles de Blake et pense qu'elle le pourrait probablement. Elle a oublié ce que c'est que de coucher avec une autre femme. Ça fait trop longtemps.

Blake rend à Amory ce qu'elle veut, l'embrassant plus fort, et elle se mord doucement la lèvre avant de traîner des baisers jusqu'à son cou. Amory gémit et se déforme les hanches, gémissant plus fort lorsque les doigts de Blake touchent son point G et qu'elle ressent une secousse de plaisir dans tout son corps. Amory n'avait pas ressenti une telle sensation depuis des années.

"Voulez-vous le vibromasseur maintenant?" » demande Blake, la baisant doucement, mordant le cou d'Amory. Elle lui chuchote à l'oreille, la faisant frissonner.

Amory réfléchit un instant puis secoue la tête. "Non, je veux ça, tu... me baise... plus vite s'il te plaît."

Blake accède à sa demande et Amory crie de plaisir. Elle prend la main et se couvre la bouche. Elle n'a pas émis un bruit pareil depuis une éternité. Blake se contente de rire.

"C'est bon, bébé", dit-elle, "J'aime tes sons."

Amory gémit puis gémit bruyamment alors que Blake frappe à nouveau son point G. Elle le ressent fortement dans tout son corps, et maintenant elle veut quelque chose de plus sur son clitoris. L'idée qu'elle pourrait venir du fait que Blake ait frappé cet endroit la terrifie, et ses doigts ne bougent pas assez vite sur son clitoris. Amory peut à peine trouver son point G sur elle-même et elle vient généralement de la stimulation clitoridienne, pas de la baise.

« Pouvez-vous récupérer un de vos jouets ? » demande Amory.

"Bien sûr bébé", dit Blake avant de revenir peu de temps au lit avec un grand vibrateur à baguette, le genre qu'Amory a toujours voulu mais qui n'a jamais pu justifier de dépenser autant d'argent pour elle-même pour un jouet sexuel.

« Savez-vous comment en utiliser un ? demande Blake.

«Je suis sûr que je peux le comprendre», dit Amory. Elle est médecin, après tout, à quel point un jouet sexuel peut-il être dur ?

Et elle le comprend et halète dès que le jouet touche son clitoris. Blake rit légèrement, embrassant ses cuisses et Amory haleta à nouveau. Ses cuisses sont plus que sensibles et sa plus grande excitation.

Cela ne prend soudain que quelques secondes, les vibrations intenses sur son clitoris et les doigts habiles de Blake baisent son point G, et Amory arrive en criant fort dans la cabine.

C'est bouleversant et sans aucun doute meilleur que ce dont Amory se souvienne jamais du sexe.

Lorsque l'orgasme d'Amory s'apaise et que son esprit revient enfin à son corps, elle sent les doigts de Blake glisser hors d'elle. Blake prend le jouet de la main molle d'Amory et le lave dans la salle de bain. Elle revient ensuite au lit et câline Amory pendant qu'elle s'en sort avec la baguette.

Amory veut donner un coup de main, mais Blake ne l'invite pas et elle est encore un peu hors d'état de nuire après son propre orgasme.

Avant qu'elle n'ait le temps d'y réfléchir davantage, Blake gémit bruyamment et arrive et c'est la chose la plus chaude qu'Amory ait jamais vue. La tête de Blake est penchée en arrière et ses yeux sont fermés. Sa peau brune et lisse est recouverte d'un éclat de sueur humide et scintille dans le noir.

Ses seins montent et descendent au rythme de sa respiration irrégulière.

Putain, pourquoi est-elle si sexy ?

Ils s'endorment emmêlés peu de temps après. Ils n'en ont certainement pas parlé. Amory le voulait, mais elle ne trouvait pas les mots et Blake était si satisfait et somnolent qu'elle ne parvenait pas à briser le sort, alors quand Blake ouvrit son bras pour laisser Amory se blottir contre elle, elle en profita. et ce n'est que quelques secondes plus tard que Blake ronflait paisiblement.

De profondes respirations du parfum musqué sexy de Blake ont rapidement endormi Amory également.

Le lendemain matin, Amory et Blake partent travailler, mais Amory ne peut s'empêcher de penser à ce qui s'est passé la nuit dernière. Cela n'aide pas qu'elle réfléchisse trop et elle n'arrive pas à croire qu'elle a fait ça. Elle a couché avec Blake Gold, pour avoir crié à haute voix, quelque chose dont elle n'aurait jamais rêvé. Et non seulement elle a apprécié, mais en plus elle a envie de recommencer.

Cela ne peut pas arriver. Il n'y a pas si longtemps, elle a dit à Blake qu'elle la détestait et maintenant elle la baise ? Cela n'a pas de sens, mais Amory s'en fiche également. Elle ne peut s'empêcher de penser à la sensation des lèvres de Blake contre les siennes et à la sensation de ses doigts à l'intérieur d'elle.

Elle pense également au temps qu'elle et Blake ont passé ensemble, à la façon dont elle a commencé à vraiment apprécier la compagnie de l'autre femme et à leur conversation d'hier soir. Elle va être assez bouleversée à la fin de ce voyage, et elle a envie de rester en contact avec Blake à leur retour aux États-Unis, mais elle ne sait pas comment en parler. Elle se demande ce que Blake pense de tout cela, et elle a peur de le demander.

Elle pense qu'ils devraient absolument avoir une conversation sur tout ça, sur ce qu'ils font en se baisant, mais elle a un peu peur de faire ça. Et si Blake changeait d'avis et décidait que coucher avec Amory est tout simplement trop bizarre pour elle ? C'est bizarre pour Amory aussi, mais en même temps ça ne l'est pas.

Elle a des sentiments envers Blake qu'elle n'a pas eu depuis des années, des désirs qu'elle avait oublié qu'elle pouvait avoir, alors elle passe sa journée de travail, réfléchissant trop et essayant de décider ce qu'elle devrait ressentir pour Blake. Veut-elle simplement être une copine africaine avec l'autre femme, ou veut-elle quelque chose de plus substantiel ? Amory ne peut pas le dire.

Elle continue sa journée comme ça, jusqu'au déjeuner où elle a l'occasion de consulter son téléphone.

Blake : J'ai hâte de te voir au chalet plus tard

Blake : Je veux te faire crier encore

Amory sent une bouffée de désir envahir ses jambes.

Elle regarde les textes et rougit. Elle regarde ensuite Blake, qui la regarde de l'autre côté de la table, lui lançant un regard complice.

Amory détourne le regard, mais elle ne peut nier la chaleur qu'elle ressent à la promesse d'une répétition de la nuit dernière. Au moins, elle sait que Blake ne regrette pas la nuit dernière, surtout si elle veut recommencer.

Maintenant, Amory n'a plus qu'à décider ce qu'elle veut. C'est bizarre pour elle. Elle veut vraiment coucher à nouveau avec Blake – la nuit dernière a été l'une des meilleures expériences sexuelles qu'elle ait vécues depuis des années, mais elle est aussi nerveuse. Elle n'a jamais vraiment été du genre à profiter ou à avoir une situation d'amis avec avantages sociaux. Elle ne sait pas si c'est ce qu'elle veut ou si elle veut une bonne relation avec Blake.

Elle y réfléchit et se rend compte qu'elle ne déteste pas cette idée. Ils s'entendent très bien ces derniers temps et elle semble être une femme vraiment adorable, même si leur histoire passée est loin d'être idéale.

Elle retourne au travail, mais il a du mal à se concentrer. Elle y parvient, mais à peine, et à la fin de la journée, elle est soulagée de pouvoir rencontrer Blake à la porte d'entrée.

Ils retournent tous les deux à la cabane et tout ce à quoi Amory peut penser, c'est d'avoir les lèvres de Blake sur les siennes.

Ils retournent à la cabine et Amory regarde Blake ouvrir la porte. Elle entre derrière elle et ferme immédiatement la porte puis attrape Blake par le col de sa chemise.

"Whoa," dit Blake, "on avance un peu vite, n'est-ce pas, chérie ?"

"Dit la femme qui disait qu'elle allait me faire crier", rétorque Amory.

Blake rit. "C'est juste." Elle embrasse Amory.

C'est dur et passionné et Amory en veut plus. Peu de temps après, ils se lancent tous les deux dans une lourde séance de baisers et Amory gémit dans la bouche de Blake.

Blake se recule et lui sourit.

"J'adore ces sons."

Amory rougit un peu mais sourit en retour.

«Je veux aussi t'entendre», dit Amory. Blake est un peu bruyante au lit, ce qui est bien, mais elle est loin d'être au même niveau qu'Amory.

Ce qui est dommage étant donné que les gémissements et les propos grossiers font partie des plus grandes excitations d'Amory.

"Je ferai de mon mieux", dit Blake, et Amory lui sourit avant de se jeter en avant.

Elle attrape les cheveux de Blake et tire sa tête sur le côté avant de déposer des baisers dans sa gorge. Blake gémit et se tortille contre elle. Comme ils sont tous deux professionnels, elle doit faire attention à ne pas laisser de suçons, du moins pas là où les gens peuvent les voir. Sous ses vêtements, cependant...

Amory patte sur la chemise de Blake.

« C'est parti », grogne-t-elle.

«Tellement exigeant», dit Blake avec un sourire. Mais rapide comme l'éclair, le dos d'Amory est pressé contre la porte de la cabine et ses mains sont forcées à ses côtés par celles de Blake.

"Et qu'est-ce qui t'a fait penser que c'est toi qui commande ici, chérie ?" demande Blake.

Elle serre les mains d'Amory et se penche si près qu'Amory peut sentir son souffle sur le sien. Puis elle l'embrasse, se mordant la lèvre si fort qu'Amory peut sentir un léger pincement de sang sur sa langue. Mais cela ne la dérange pas, elle aime ça brutal.

Le cerveau d'Amory devient silencieux, incapable de penser à autre chose qu'à la magnifique femme qui se tient devant elle, la tenant captive sous ses bras puissants. Blake a-t-il toujours été aussi fort ? Oh mon Dieu.

Amory se tortille un peu, testant pour voir si elle peut se libérer, mais elle ne peut pas, et Blake la pousse plus fort contre la porte.

"Tu n'iras nulle part, chérie", dit Blake en secouant la tête en direction d'Amory. "Pas jusqu'à ce que je le dise."

Amory laisse échapper un gémissement aigu et ses jambes tremblent légèrement. Elle veut que Blake fasse ce qu'elle veut avec elle, qu'il la baise, qu'il lui fasse ressentir autant de plaisir qu'hier soir – plus de plaisir qu'elle n'en a ressenti depuis des années. Mais elle veut aussi baiser Blake, pour savoir ce qu'elle ressent sous ses doigts. C'est étrange pour Amory, dans le passé, elle n'avait pas l'habitude de toucher le fond. Et maintenant, elle ne peut pas décider ce qu'elle veut de plus. Cela ne semble pas avoir d'importance, car Blake prend ces décisions à sa place.

Blake lâche les mains d'Amory mais lui lance un regard exigeant. Un regard qui dit de ne pas bouger. Donc Amory ne le fait pas. Elle regarde simplement Blake déplacer ses mains vers les boutons de sa chemise et l'enlever devant Amory. Même si elle veut désespérément être celle qui enlève la chemise de Blake, elle ne peut nier qu'elle apprécie vraiment la vue.

Lorsque Blake enlève son soutien-gorge, Amory ne peut pas exprimer à quel point elle veut tendre la main et toucher ses seins. Il lui faut toute sa volonté pour rester telle qu'elle est, collée à la porte et épinglée là par les yeux de Blake. Blake enlève alors son pantalon et ses sous-vêtements et se tient devant Amory, complètement nue.

Cela semble injuste que Blake soit nu alors qu'Amory est entièrement habillé, mais Amory espère que Blake va bientôt résoudre ce problème, et elle le fait, en attrapant les boutons de la chemise d'Amory.

Elle démonte les boutons lentement, soigneusement, et Amory est si impatiente que cela ne la dérangerait pas si Blake déchirait la chemise. Ce n'est pas comme si elle n'en avait pas d'autres, après tout. Mais non, Blake force Amory à rester là alors que ses jambes tremblent et qu'elle gémit, voulant que ses vêtements soient retirés le plus rapidement possible pendant que Blake a d'autres projets.

Quand Amory est enfin aussi nu que Blake, ils se regardent tous les deux pendant un moment, observant le corps de l'autre. C'est différent d'hier soir, baiser dans le noir. Maintenant, Amory peut voir tout Blake et elle aime vraiment ce qu'elle voit. Le corps de Blake est plus grand que le sien, mince et musclé avec des seins plus gros que ce qu'Amory avait prévu. Ses poils pubiens sont sombres et invitants. Son corps a la grâce et l'élégance d'un athlète. Elle ressemble à une magnifique panthère attendant de se jeter sur sa proie.

Amory ne s'avance pas pour toucher Blake comme elle le souhaite, mais Blake n'a pas de tels scrupules. Blake tend la main et passe ses doigts sur les mamelons d'Amory, la faisant haleter et les durcir.

Blake en prend un dans sa bouche et Amory tombe presque au sol tant cela fait du bien. Elle est faible.

Elle laisse Blake faire ce qu'elle veut, mais finalement rester immobile la tue trop pour le faire plus longtemps. Elle lève les mains et les pose sur les seins de Blake, jouant avec ses tétons alors qu'elle a l'impression de se noyer dans les sensations. Blake ne dit rien, se contentant de rire contre elle.

Bientôt, tout devient trop et Amory commence à en redemander.

"S'il te plaît," dit-elle, "baise-moi."

Blake rit. "Tu es une jolie petite chose impatiente, n'est-ce pas ?" dit-elle, et Amory ne sait pas comment répondre, alors elle hoche simplement la tête en signe d'affirmation et Blake rit à nouveau.

"D'accord, magnifique, allons au lit."

Blake prend la main d'Amory et la conduit au lit où elle la pousse sur le dos.

Amory tombe sur le lit et regarde Blake. Elle ressemble à une déesse bronzée scintillante, planant au-dessus d'elle, avec ses courts cheveux noirs astucieusement en désordre autour de son visage.

Amory halète quand Blake tombe sur elle, pressant leurs corps l'un contre l'autre, une cuisse entre les jambes d'Amory se pressant contre son clitoris et Amory plie ses hanches pour ressentir la pression qu'elle désire si désespérément.

Blake lui sourit et l'embrasse. Amory ne peut s'empêcher de haleter face au baiser et à la façon dont les seins de Blake se sentent écrasés contre les siens.

En un instant, Blake a bougé de sorte que sa tête soit entre les cuisses d'Amory, et elle lève les yeux vers Amory.

Amory sait qu'elle est probablement trempée, mais elle ne trouve pas la force d'être embarrassée, pas quand une femme aussi magnifique la regarde avec ses grands yeux marron rêveurs, comme si elle était la seule personne sur la planète.

"Je veux te goûter, chérie", dit Blake. "Est-ce OK?"

«Oui», expire Amory.

"Bonne fille", dit Blake, et Amory ne peut nier à quel point cette affection lui fait battre le cœur.

Blake se jette sur elle et les cuisses d'Amory tremblent alors qu'elle le fait. Dans les minutes qui suivent, elle ne ressent que du pur plaisir des coups de langue et de succion de Blake alors qu'elle la dévore.

Amory sent la chaleur monter en elle et lorsque les doigts forts de Blake s'enfoncent en elle et commencent à la baiser, son orgasme envahit son corps et c'est incroyable. Amory ne sait pas si elle reviendra un jour sur terre.

Quand elle jouit, tout son corps tremble et elle jure qu'elle arrête de respirer un instant. Elle regarde Blake, dont le visage brille lorsqu'elle est venue. Blake sourit à Amory et Amory rougit en détournant le regard.

Elle revient au moment présent et tend la main vers Blake et prend un sein doux dans sa main.

«Laisse-moi t'aider», dit Amory.

"Si vous insistez", dit Blake en s'approchant pour embrasser Amory, et Amory peut se goûter sur la langue de Blake.

Les deux changent de position et Amory se retrouve aux pieds de Blake.

"Voulez-vous un vibromasseur?" elle demande.

"Oui, s'il vous plaît", dit Blake.

"Aw", taquine Amory, "Regarde qui est une bonne fille maintenant."

Blake grogne contre elle et le cœur d'Amory bégaie. « Surveillez ce que vous dites », dit Blake.

Amory récupère le vibromasseur qu'ils ont utilisé la nuit dernière et le tend à Blake afin qu'elle puisse l'utiliser sur elle-même pendant qu'Amory la doigte, sentant à quel point elle est mouillée autour de l'intérieur de ses cuisses avant de mettre deux doigts à l'intérieur de Blake.

Cela fait un moment qu'elle n'a pas fait ça, mais même si elle est rouillée, il y a certaines compétences qu'on n'oublie pas. Cependant, ses mains sont plus fatiguées qu'avant et elle doit changer de main de temps en temps.

Quand Blake arrive, elle crie et Amory lui sourit avec satisfaction, fier d'avoir pu lui faire ressentir cela.

Quand ils ont fini, ils se blottissent tous les deux et Amory se demande où cela les mène. Elle n'a jamais été du genre à avoir des aventures d'un soir ou à faire tout ce qui est entre amis avec des avantages sociaux, mais elle ne sait pas ce que Blake ressent à ce sujet ni ce qu'elle veut, et Amory a un peu peur de demander. Elle ne veut pas gâcher ce qu'ils ont déjà, ni effrayer Blake, mais elle pense définitivement qu'elle veut quelque chose de plus substantiel.

Elle pense sortir avec Blake et se rend compte que c'est quelque chose qu'elle veut vraiment, et elle est excitée, même si une grande partie de cela la terrifie. Elle n'a pas eu de vraie relation depuis Natalie et elle a peur de ne plus savoir aimer. Elle se demande si elle en est capable et pense qu'elle est définitivement prête à affronter ses peurs et à tenter le coup.

Elle se rend compte qu'elle devrait parler à Blake et trouve n'importe quelle excuse pour éviter cela pendant un moment. Amory décide qu'elle aura une conversation avec l'autre femme à un moment donné, mais avec son anxiété, il vaut mieux attendre un peu et laisser les choses progresser naturellement pour l'instant, voir comment les choses se passent.

Chapitre 8

BLAKE

Blake se réveille le matin avec un bras enroulé autour d'Amory et elle sourit intérieurement, en regardant la façon dont la lumière du matin frappe le joli visage d'Amory. C'est la première fois qu'elle se réveille pour pouvoir regarder Amory dormir. Normalement, Amory se réveille avant Blake.

Blake sourit à Amory endormie et se blottit plus près, déposant un baiser dans ses longs cheveux couleur miel. Elle pourrait s'y habituer ; aime ce qu'elle ressent lorsqu'elle se réveille le matin avec Amory dans ses bras. Même quand Amory se réveille en premier, elle adore ça parce que l'autre femme se rapproche souvent de Blake, et c'est tout ce qu'elle veut : ce sentiment de proximité, d'appartenance ensemble.

Blake reste là pendant un moment, simplement contente et pensant à elle-même. Elle se demande où cette relation les mène. Blake veut quelque chose de plus substantiel avec Amory, mais elle ne sait pas ce que pense Amory à ce sujet. Elle se demande si Amory voudrait même sortir avec elle ou avoir une relation après avoir quitté la Zambie.

Elle veut qu'elle le veuille vraiment. Elle veut aider Amory à réapprendre à sortir avec quelqu'un et à aimer. Et même si elle sait qu'elle fait partie de la raison pour laquelle Amory ne le fait pas, elle veut l'aider à reconstruire la confiance qu'elle a perdue envers les autres.

Peut-être que Blake est un peu romantique. Elle ne s'était jamais considérée comme telle auparavant, mais être en Zambie avec son ancienne rivale commence à changer les choses pour elle. Elle se retrouve souvent à rêver d'un avenir avec Amory ou à imaginer tous les rendez-vous qu'ils auront à leur retour aux États-Unis.

Elle peut montrer à Amory son restaurant et ses parcs préférés et présenter Amory à son chat. Elle se demande si Amory aime les chats et se souvient que Natalie parlait parfois du chat qu'elle partageait avec sa petite amie.

Blake tousse et c'est ce qui réveille finalement Amory. Elle regarde les yeux bleu-vert profond d'Amory et lui sourit.

"Bon sang," dit Blake, "je n'essayais pas de te réveiller."

«C'est bon», répond Amory, «de toute façon, je dois me lever. Nous le faisons tous les deux.

Blake gémit. "Cinq minutes de plus."

Amory rit et s'assied sur le lit. "Allez, paresseux", dit-elle, "nous avons du travail à faire."

"Très bien, mais juste pour mémoire, je n'en suis pas content."

"Oh, allez," réprimande Amory, "tu aimes ton travail."

"Oui", acquiesce Blake, "mais j'aime davantage être dans tes bras.

Amory lève les yeux au ciel. "Tu es tellement romantique."

«Peut-être un peu», dit Blake.

"Allez, bébé", dit Amory, "levons-nous."

La poitrine de Blake flotte un peu tandis qu'Amory se lève et se dirige vers la cuisine. Depuis quand Amory a-t-il commencé à l'appeler bébé ?

« Est-ce que les œufs sont bons pour le petit-déjeuner ? » demande Amory. "Ou tu veux des crêpes?"

«Euh...» Blake essaie de réfléchir pendant qu'Amory est de l'autre côté de la cabine. "Je ne vais pas mentir, je pense que les crêpes ont l'air géniales."

"Merde", dit Amory. «Je voulais vraiment des œufs.»

"Eh bien, pourquoi ne pouvons-nous pas avoir les deux?" demande Blake.

Amory rit. "Tu as tellement raison. C'est les deux. Elle attrape quelques poêles à frire et ouvre le réfrigérateur. Blake se lève du lit et se dirige vers Amory dans la cuisine pendant qu'elle vérifie son téléphone.

Jenna : Hé, ça va ? Je n'ai pas eu de tes nouvelles depuis quelques jours.

Blake ignore le SMS pour l'instant. C'est vrai qu'elle n'envoie pas autant de textos à Jenna que d'habitude, mais elle ne sait pas quoi lui dire. Elle ne veut pas continuer leur étrange petite relation, mais elle aime toujours Jenna comme amie, et elle ne sait pas comment la garder et malgré tout rompre leur arrangement sexuel. Là encore, avec Jenna, cela a toujours été une chose sans conditions, alors peut-être que Blake y réfléchit trop.

Blake : Je vais bien, désolé. Et puis, j'ai en quelque sorte trouvé quelqu'un.

Jenna : J'ai trouvé quelqu'un comme dans un copain de baise ou j'ai trouvé quelqu'un comme dans trouvé quelqu'un ?

Blake : Je ne sais pas encore mais je veux que ce soit plus que du sexe.

Jenna :oooo. Prends-le, ma fille. Je crois en toi

Blake : Merci, mdr.

Jenna : Pas de problème, ne sois pas une étrangère, d'accord ?

Blake : Vous avez compris

: « À qui envoyez-vous des SMS ? » » demande Amory en faisant frire des œufs pendant que Blake vérifie périodiquement son téléphone pendant qu'elle prépare la pâte à crêpes.

«Un ami», dit Blake. "Elle s'appelle Jenna."

"Cool."

"Elle est médecin aussi."

"Bien sûr qu'elle l'est", rit Amory. « Vous savez, je ne me souviens pas de la dernière fois où j'ai eu avec moi un ami qui n'était pas médecin, résident ou qui n'allait pas à l'école de médecine. Probablement l'université. La plupart de mes amis étudiaient alors l'anglais.

"Oh, c'est vrai", dit Blake, se souvenant de détails sur la vie d'Amory de l'époque où ils passaient tout leur temps ensemble. Ils étaient peut-être rivaux, se battaient et essayaient toujours de se saboter, mais Blake a une bonne mémoire. "J'avais oublié que tu avais ton baccalauréat en anglais."

«Ouais», dit Amory.

« Qu'est-ce qui vous a poussé à choisir cela au lieu de quelque chose de plus traditionnel comme la pré-médecine ? »

« Eh bien, je ne savais pas que je voulais devenir médecin lorsque j'étudiais à l'université, et j'ai toujours aimé écrire. Ce qui m'a été utile lorsque je suis allé à la faculté de médecine. Je suis vraiment doué pour les articles de recherche.

«Je m'en souviens», admet Blake. «J'ai toujours été très jaloux de toi quand ils utilisaient tes devoirs comme exemple de classe. Je détestais tellement ça.

Amory rit. « Toi et tout le monde. Le nombre de commentaires sarcastiques que je recevais à cause de cela était insensé.

Blake fronça les sourcils, sachant qu'elle faisait définitivement partie de ces personnes. Parfois, elle souhaite pouvoir remonter le temps et ne pas être aussi horrible envers Amory qu'elle l'était. Elle se demande si Amory ressent maintenant la même chose.

Pendant qu'Amory finit les œufs, Blake prend l'autre poêle et commence les crêpes.

Une fois le repas terminé, ils mangent tous les deux et regardent le soleil se lever. Ils doivent se lever très tôt le matin s'ils veulent avoir le temps de prendre leur petit-déjeuner avant le travail, et il est important qu'ils mangent à l'avance. Travailler à la clinique demande beaucoup d'énergie et la nourriture qu'ils ont pour le déjeuner est loin d'être suffisante.

"Êtes-vous prêt à aller?" Amory demande quand ils ont fini de faire la vaisselle.

«Ouais», dit Blake.

Ils sortent tous les deux ensemble et se dirigent vers la clinique. Blake veut vraiment tenir la main d'Amory pendant qu'ils marchent tous les deux, mais elle ne le fait pas. Elle ne sait pas quel genre de relation elle entretient avec Amory, et elle ne sait pas non plus ce que ressent Amory à l'égard des démonstrations publiques d'affection, même s'il s'agit simplement de se tenir la main.

Blake décide qu'elle y réfléchit trop, mais pour sa défense, cela fait un moment qu'elle n'a pas ressenti quelque chose comme ça. Comme Amory, elle n'a pas beaucoup fréquenté, ayant principalement des relations sexuelles comme avec Jenna. Elle se rend également compte qu'elle devrait probablement parler à Amory de ce qu'elle veut de leur relation ou de ce avec quoi elle est d'accord. Blake ne sait pas si Amory est d'accord avec la tenue de la main, mais elle devrait certainement le comprendre.

Elle est heureuse que Jenna semble accepter qu'elle veuille entretenir une relation avec quelqu'un d'autre. En y repensant, elle ne sait pas pourquoi elle s'inquiétait. Elle savait où en était leur relation, donc elle n'aurait pas dû s'inquiéter.

Blake entre à la clinique avec Amory, puis ils se mettent tous les deux au travail, se séparant.

Blake s'est beaucoup améliorée dans son travail depuis qu'elle a commencé à coucher avec Amory. Elle n'est plus insatiablement excitée, mais elle a aussi eu plus de temps pour s'habituer au travail. Elle a également appris à réconforter ses patients sans pouvoir parler leur langue. Blake n'est pas une personne trop souriante, mais elle a appris qu'un sourire contribue grandement à communiquer avec la barrière de la langue. Cela, ainsi que ses autres expressions faciales et son langage corporel, sont souvent utilisés lorsqu'elle parle à ses patients.

Elle reçoit un câlin de l'un d'eux après les avoir soignés. Elle leur sourit et leur tend la prescription d'antibiotiques. Techniquement, ils ne sont pas censés embrasser les patients, mais personne ne s'en soucie réellement, surtout lorsque c'est le patient qui initie le processus.

C'est un peu comme ça aux États-Unis. Elle a reçu de nombreux câlins de la part des patients en guise de remerciement ou de soulagement suite à une bonne nouvelle. Sa clinique chez elle manque un peu à Blake. Elle savait que cela arriverait, qu'elle aurait le mal du pays, mais elle est reconnaissante que ce ne soit pas trop grave.

Elle se souvient de son premier voyage à l'étranger pour le travail et à quel point elle était parfois malheureuse. Elle a adoré, et a définitivement aimé l'expérience suffisamment pour recommencer, mais il y avait des moments où cela lui semblait insupportable. Elle pense qu'Amory commence un peu à devenir ainsi.

Hier, au dîner, Amory n'arrêtait pas de parler de sa mère, de son travail à la maison et de tous ses patients réguliers, de la façon dont elle s'inquiétait pour eux et de son enthousiasme à l'idée de revenir les voir lorsqu'ils auront terminé leur séjour en Zambie. Amory travaille en médecine familiale principalement auprès des enfants, et non dans les soins d'urgence comme le fait Blake. Et Blake sait que les liens qui se tissent entre un médecin et son patient en médecine familiale sont beaucoup plus intenses que dans son travail où elle ne voit souvent pas deux fois le même patient.

Blake s'est senti mal pour elle la nuit dernière et a donné à Amory un massage du dos, qui s'est rapidement transformé en sexe, mais au moins cela a semblé faire le travail en gardant Amory distrait de son mal du pays. Blake décide qu'elle va faire de son mieux pour empêcher Amory de devenir trop stressé à cause de son nouvel endroit et essaie de réfléchir à tout ce qu'elle peut faire pour elle compte tenu de leurs ressources limitées. Peut-être qu'elle pourra préparer un bon dessert ce soir ou quelque chose pour lui remonter le moral.

Quand Blake a fini son travail, elle est prête à passer devant Amory comme toujours, mais elle l'attend comme d'habitude. Blake adore quand Amory a fini et qu'ils retournent tous les deux ensemble à la cabane. C'est très domestique même si cela a commencé avec Blake voulant s'excuser sans mots pour ce qu'elle a fait à Amory.

C'est étrange pour Blake, sachant qu'elle a couché avec la petite amie d'Amory il y a toutes ces années et que maintenant elle couche avec Amory. Cela lui fait un peu mal au cerveau si elle y pense, alors elle essaie de ne pas le faire. Elle doit admettre qu'elle apprécie Amory plus que jamais Natalie, même si Amory est un peu rouillé.

Blake est également meilleur en matière de sexe qu'à l'époque. Elle était beaucoup moins expérimentée il y a toutes ces années, beaucoup plus jeune et soucieuse de son propre plaisir. Maintenant, cependant, elle adore faire du bien à Amory.

Quand Amory a fini de travailler, elle se dirige vers Blake et Blake lui fait un large sourire, remarquant à quel point Amory a l'air épuisé.

"Fatigué ?" demande Blake.

Amory hoche la tête. "Ouais, et j'ai vomi plus tôt."

Blake grimace. "Brut."

« Très », dit Amory. « J'ai la chance de garder toujours un ensemble de vêtements de rechange dans mon casier, mais j'ai jeté les vieux. »

« Je ne vous en veux pas. Et si nous allions à la cabine et que tu puisses prendre une douche ?

Amory gémit. "Une douche, c'est génial", dit-elle, "je me sens dégoûtante."

Les deux retournent ensemble à la cabane et quand ils y sont presque, Blake décide de serrer les dents et prend la main d'Amory dans la sienne.

Amory ne s'éloigne pas comme Blake en avait peur et à la place, elle serre la main de Blake pendant qu'ils marchent. Blake sourit intérieurement. C'est exactement ce qu'elle voulait, et c'est si bon de recevoir de l'affection d'Amory. Elle veut lui parler, établir une sorte de relation officielle, mais en même temps elle est nerveuse. Elle ne veut pas l'effrayer.

Quand ils reviennent à la cabine, la première chose que fait Amory est de lâcher la main de Blake et d'entrer sous la douche. Elle laisse la porte de la salle de bain ouverte et Blake la regarde, tenté d'y entrer avec elle.

Cependant, avant qu'elle puisse décider de le faire, Blake reçoit un appel téléphonique de Jenna.

"Hé quoi de neuf?" Blake répond au téléphone, inquiet. Jenna ne l'appelle généralement pas, préférant lui envoyer des SMS. Elle craint que quelque chose ne va pas, d'autant plus que Jenna est la seule à s'occuper d'elle pendant son séjour en Zambie.

« Il y a un problème », dit Jenna.

Blake sent son estomac se nouer et son esprit se tourne immédiatement vers le pire scénario, comme si quelqu'un était entré par effraction ou que Jenna était blessée. « Qu'est-ce qui ne va pas ? » demande-t-elle.

« Il y a quelque chose qui ne va pas avec ton chat », dit Jenna.

« Millie ? » demande Blake, et elle se dit : « C'est pire qu'une effraction ! » « Qu'est-ce qui ne va pas ? »

« Elle n'arrête pas de vomir », dit Jenna. « Je viens de raccrocher avec le vétérinaire, mais ils ne peuvent pas la faire venir avant demain matin. »

« Est-ce qu'elle a mangé quelque chose de mal ? » demande Blake. « Est-ce qu'elle a d'autres symptômes ? » Blake ne sait pas vraiment pourquoi elle pose cette question, à part par inquiétude. Elle n'est pas vétérinaire. Tout ce qui n'est pas humain devient malade et elle est tout aussi désemparée que le reste du monde.

« Non », dit Jenna, « et je n'ai aucune idée de pourquoi elle vomit. Elle allait très bien hier, mais quand je suis rentrée du travail aujourd'hui, elle n'allait pas. »

« D'accord », dit Blake, ne sachant pas quoi faire. Elle a Millie depuis cinq ans et elle a toujours été en bonne santé. Elle devrait avoir beaucoup plus de vie en elle. Blake a peur qu'elle meure ou quelque chose comme ça, et ça n'aide pas non plus que Blake soit dans un pays complètement différent, sans aucun moyen de rejoindre Millie de façon inattendue.

"Je suis désolée", dit Jenna.

"Ce n'est pas de ta faute."

"Mais je sais combien elle compte pour toi", dit Jenna, "et je ne sais pas ce qui ne va pas. J'ai peur d'avoir fait quelque chose."

"Je suis sûre que tu n'as rien fait", lui assure Blake. "Tu es douée avec les animaux et tu sais quoi faire. Tu vas chez le vétérinaire demain, n'est-ce pas ?" demande-t-elle.

"Ouais", dit Jenna. "J'ai reprogrammé l'un de mes rendez-vous et j'y vais dès qu'ils rouvrent."

Blake soupire de soulagement, reconnaissant envers Jenna et reconnaissant qu'elle veille sur Mille. "Ok", dit Blake, "tiens-moi juste au courant, d'accord ?"

« Je le ferai », dit Jenna alors qu'Amory sort de la salle de bain avec une serviette autour de la taille.

« Salut », salue Amory avec un sourire et un signe de la main. Blake regarde Amory et lui fait un sourire, mais c'est triste et tendu.

Amory fronce les sourcils en voyant l'expression du visage de Blake. « Qu'est-ce qui ne va pas ? » demande-t-elle.

Blake secoue simplement la tête et reporte son attention sur son appel téléphonique avec Jenna. « Merci », dit-elle, « et merci de me l'avoir dit. »

« Bien sûr », dit Jenna, « je t'aime. »

« Je t'aime aussi », dit Blake.

Elle raccroche et se tourne vers Amory, qui fronce les sourcils.

« Qui était-ce ? » demande Amory.

« Mon amie », dit Blake, assise sur le lit. « Ça a été une journée de merde pour nous deux maintenant, je suppose. »

Amory ignore un peu cela pour l'instant, se concentrant sur d'autres détails de la très courte partie de la conversation qu'elle a entendue.

« Était-ce ta petite amie ? » demande Amory.

"Quoi ? Non, c'est juste une amie. Blake décide qu'il est temps de dire la vérité sur sa relation précédente avec Jenna. Après tout, si Blake veut une certaine longévité dans sa relation avec Amory, elle devrait le savoir.

"Nous avions l'habitude d'en baiser", dit Blake, "mais..." Je ne le ferai plus, c'est ce que Blake veut dire, mais elle est interrompue par Amory.

"Quoi?!" S'exclame Amory. "Tu veux me dire que tu as couché avec moi alors que quelqu'un d'autre pense que tu es avec eux ?"

"Quoi? Non, dit Blake, ce n'est pas comme ça. Elle veut expliquer, dire à Amory qu'elle et Jenna n'étaient que des amis avec des avantages, et qu'elle a rompu avec Jenna, mais Amory continue.

«Elle t'a dit qu'elle t'aimait», dit Amory. "Tu l'as répondu, pour avoir crié à haute voix."

"Parce que nous sommes amis", dit Blake, "je dis à tous mes amis que je les aime."

« Tu n'as pas changé », dit Amory, semblant ne pas avoir entendu Blake du tout. « Tu dis que tu as changé, mais ce n'est pas le cas. Tu es toujours juste un tricheur, sauf que maintenant tu m'as fait tromper avec toi. »

« Non, je ne l'ai pas fait », dit Blake. « Aucun de nous n'est un tricheur parce qu'elle n'est pas ma petite amie. »

Mais Amory n'écoute pas. Son visage est rouge de colère, et elle va à son sac et attrape des vêtements avant de s'enfermer dans la salle de bain.

Quand elle en sort, entièrement habillée avec des chaussures et tout, Blake fronce les sourcils.

« Amory, s'il te plaît », Blake la supplie d'écouter, « parlons simplement. C'est un énorme malentendu », dit-elle, mais Amory quitte la cabine, ignorant Blake derrière elle.

Blake ne sait pas quoi faire, alors elle parle à la seule personne qui, selon elle, pourrait comprendre, elle appelle à nouveau Jenna.

Jenna décroche le téléphone, l'air un peu confuse. « Blake ? Quoi de neuf ? »

Blake ne peut pas blâmer sa confusion vu qu'ils viennent de raccrocher il y a quelques instants, mais elle essaie d'expliquer à Jenna ce qui se passe. "Quelque chose s'est mal passé avec Amory", dit-elle.

"Qu'est-ce que tu veux dire ?" demande Jenna.

"Elle nous a entendus tous les deux au téléphone", dit Blake, "elle pense que nous sortons ensemble."

"Attends, quoi ?" demande Jenna confuse et surprise. "Tu lui as dit que nous ne le sommes pas ?"

"J'ai essayé, mais elle n'a pas voulu écouter. Je ne sais pas quoi faire ni pourquoi elle penserait ça. Tout ce qu'elle a entendu, c'est que je t'ai dit que je t'aimais et elle est devenue folle. Je pense que j'ai merdé."

"Qu'est-ce que tu veux dire ?" demande Jenna.

"Je veux dire, j'ai trahi sa confiance il y a toutes ces années", dit Blake, "pas étonnant qu'elle pense que je la trompe maintenant. Je n'ai pas vraiment le meilleur bilan avec ces choses qu'elle sait."

"Attends", dit Jenna, "tout d'abord, c'est une adulte. Tu n'es pas entièrement responsable de la façon dont elle gère ses problèmes. Oui, ce que tu as fait était foireux, mais elle devrait savoir qu'il ne faut pas tirer de conclusions hâtives et supposer des choses qui ne sont pas vraies. « Ce n'est pas de ta faute. »

« J'ai l'impression que c'est le cas », dit Blake.

« Ce n'est pas le cas », dit Jenna. « Et je sais que tu tiens à cette fille, alors tu dois trouver un moyen de la faire t'écouter. »

« J'aurais dû lui parler de toi plus tôt », dit Blake.

« Je veux dire, oui, probablement », dit Jenna, « mais tu ne peux pas changer ça maintenant. Maintenant, tu dois juste faire de ton mieux pour réparer ce que tu dois faire. »

Blake soupire, mais elle a peur. Elle ne veut pas blesser davantage Amory, et elle se demande si c'est la façon dont l'univers lui dit qu'elle ne mérite pas une relation, pas après ce qu'elle a fait. Blake sent les larmes menacer ses yeux. Perdre Amory fait tellement mal. Amory mérite tellement plus que ça.

Qu'ai-je fait ?

Amory fait les cent pas à l'extérieur de la cabine, ne sachant pas quoi faire. Elle ne veut pas retourner à l'intérieur et voir Blake. Son cœur est un océan de souffrance en ce moment et elle ne sait pas trop quoi faire. La plupart du temps, elle se sent stupide. Elle savait qui était Blake, mais elle s'autorisait à lui faire confiance, à croire qu'elle était une personne différente. Mais elle sait désormais que ce n'est pas vrai. Tricheur une fois, tricheur toujours.

Elle a envie de pleurer, mais elle veut aussi être forte. Elle ne veut pas que Blake sache qu'elle s'en souciait, qu'elle pouvait voir qu'ils étaient tous les deux quelque chose de plus. Aujourd'hui, ce rêve est brisé. Elle n'arrive pas à croire que Blake ait eu quelqu'un d'autre depuis le début.

Elle pense à Natalie, à la trahison qu'elle a ressentie en trouvant Blake dans son lit. Cette fois, ce n'est pas aussi intense, elle n'a pas perdu un partenaire de plusieurs années à cause de l'infidélité, mais c'est toujours la même douleur même si elle est moindre. Mais cela s'ajoute à toutes ses autres souffrances du passé. Elle ne sait pas quoi faire d'elle-même, alors elle continue de marcher.

Elle fait un autre tour dans la cabine et se demande ce qui ne va pas chez Blake pour qu'elle accepte de faire des choses comme ça. Elle pourrait peut-être comprendre la dernière fois avec Natalie. Elle ne le savait pas, et elle était jeune et stupide, mais maintenant ? Maintenant, Amory se demande si Blake disait la vérité à propos de Natalie. Ne savait-elle vraiment pas que Natalie était sa petite amie à l'époque ? Ou visait-elle Amory ? Amory ne peut s'empêcher de remettre en question tout ce que Blake lui a dit.

Amory se demande si Blake s'est déjà soucié d'elle comme Amory commençait à le penser, ou Amory était-il juste un moyen pratique pour Blake de s'envoyer en l'air ?

D'une certaine manière, cela justifie la crainte qu'Amory avait de devoir parler à Blake de l'état de leur relation. Elle n'a jamais eu le temps de participer à cette conversation et maintenant Amory pense que c'est pour le mieux, avant qu'elle ne puisse être blessée davantage.

Il commence à faire nuit et Amory sait qu'elle devrait bientôt rentrer dans la cabane, mais elle ne veut pas, ne veut pas se retrouver face à face avec la femme qui lui a brisé le cœur non pas une, mais deux fois. C'est presque aussi grave que l'époque où Amory était adolescent et se remettait avec une ex-petite amie. Elle était idiote à l'époque et elle l'est encore aujourd'hui.

Elle n'arrête pas de se réprimander pour avoir fait confiance à Blake pendant qu'elle fait les cent pas. Finalement, elle abandonne la haine de soi et se rend compte que ce n'est pas de sa faute. C'est une personne confiante et elle voulait vraiment faire confiance à Blake, elle voulait l'aimer. Ce n'est pas sa faute si Blake a trahi cette confiance. Désormais, sa colère est entièrement dirigée contre Blake. Comment ose-t-elle ? Ne sait-elle pas ce qu'elle a fait ou est-ce qu'elle s'en fiche ? Est-elle vraiment si vindicative ? Qu'est-ce qui ne va pas chez cette femme ?

Amory abandonne ses démarches et décide qu'elle va rentrer dans la cabine la tête haute. Elle ne va pas laisser Blake savoir à quel point elle est blessée, mais à quel point elle déteste l'autre femme. En ce moment, elle veut blesser Blake de la même manière qu'elle souffre, mais elle ne sait pas comment et elle ne veut pas non plus être ce genre de personne, alors elle se contentera de l'ignorer jusqu'à ce qu'il soit temps de le faire. leur voyage se termine. Espérons que d'ici là, cette douleur dans sa poitrine aura un peu disparu.

Avant qu'elle puisse entrer dans la cabine, son téléphone sonne une notification. Apparemment, sa mère sait quand sa fille pourrait avoir besoin d'elle.

Maman : Comment ça va ?

Amory : Pas génial

Maman : Que s'est-il passé chérie ?

Amory : J'ai été jumelé avec une énorme salope

Maman : Blake ? Mais tu m'as dit que vous vous entendiez enfin tous les deux

Amory : Et bien j'avais tort

Maman : Que s'est-il passé ?

Amory s'arrête devant la porte de la cabine. Elle ne veut absolument pas dire à sa mère qu'elle couchait avec l'ennemi. Sa mère sait à peine ce qui s'est passé entre elle, Blake et Natalie. Tout ce qu'elle lui a dit, c'est que Natalie l'avait trompée, pas avec qui.

Elle est cependant au courant de leur ancienne rivalité depuis la faculté de médecine et sa résidence. Amory a passé on ne sait combien d'appels téléphoniques et de SMS pour se plaindre de Blake Gold.

Amory : Elle n'a pas changé comme je le pensais

Maman : Oh chérie, je suis désolée

Amory : C'est bon, je me sens juste un peu bête et en colère

Maman : Ce n'est pas ta faute si tu fais confiance à quelqu'un, mais fais attention à la colère

Maman : Vous ne voulez pas que cela gêne votre travail.

Amory sait que sa mère a raison, qu'être en colère ne fera que l'affecter négativement, surtout si Blake ne se soucie pas de ce qu'elle lui a fait. Mais malheureusement pour elle, c'est beaucoup plus facile à dire qu'à faire.

Amory ne s'est jamais vraiment considérée comme une personne en colère, mais Blake a toujours eu le moyen de se mettre sous sa peau. Depuis qu'elle connaît Blake, elle fait ressentir à Amory des choses qu'elle ne ressent normalement pas. Toute cette colère dont elle ne sait pas quoi faire lui donne envie de se confier à sa mère, même si elle ne sait pas comment sa mère va réagir. Elle a peur que sa mère la réprimande ou pense qu'elle est une idiote. Même si sa mère n'a jamais fait ces choses auparavant, la haine de soi d'Amory l'empêche de raisonner et elle a peur.

Amory : Nous étions un peu plus que des compagnons de cabine

Maman : Que veux-tu dire ?

Amory : Pas au début, mais après un moment, nous avons commencé à coucher ensemble

Amory : Je voulais sortir avec elle

Maman : Que s'est-il passé ?

Amory : Elle a quelqu'un d'autre

Maman : Oh chérie

Amory : Je les ai surpris au téléphone ensemble, Blake lui a dit qu'elle l'aimait

Maman : C'est tout ?

Amory : N'est-ce pas suffisant ?

Maman : Est-ce qu'elle a dit qu'elle était sa petite amie ?

Amory : Elle a dit qu'ils dormaient ensemble aux États-Unis.

Maman : Appelle-moi

Amory appelle sa mère.

Sa mère répond immédiatement. «Dis-moi tout», dit-elle, ce qu'Amory fait également.

« Écoute, bébé, » dit sa mère, « je ne vais pas te dire que Blake n'a pas de petite amie secrète, parce que je suppose qu'il est possible qu'elle en ait, mais on dirait que tu réfléchis avec beaucoup de choses. la colère en ce moment et pas ta tête.

"Je ne sais pas quoi penser d'autre", dit Amory, "Blake m'a dit qu'ils couchaient ensemble."

"Mais ce n'est pas le cas pour le moment", dit Kara. « Je ne sais pas, il semble juste que quelque chose ne va pas, comme s'il y avait plus que ce que vous pensez dans cette situation. Comme si elle essayait de tricher, pourquoi vous en parlerait-elle ?

"Je ne sais pas", dit Amory, "la culpabilité ?"

"Ça ne ressemble pas à ça, chérie," dit Kara, "Je pense que vous devriez vous asseoir et parler de ce qui se passe."

«Je ne pense pas pouvoir le faire pour le moment», dit Amory.

Kara soupire, mais elle n'essaye pas de la convaincre davantage. Elle ne sait pas vraiment quoi dire à sa fille ni comment la réconforter. « Prends juste soin de toi, d'accord ?

"D'accord, maman", dit Amory, et elle se sent un peu plus calme en parlant à sa mère. Peut-être qu'elle est prête à parler à Blake.

Cependant, quand Amory entre dans la cabane, sa fureur est retrouvée en voyant qu'il y a de la nourriture sur la table.

«J'ai préparé à manger», dit Blake.

«Je peux le voir», rétorque Amory. Elle est restée dehors pendant qui sait combien de temps, et tout ce que Blake pouvait faire, c'est préparer à manger ? Tout cela semble tellement cruel à Amory.

«Il y en a pour vous dans l'assiette où vous vous asseyez habituellement», dit Blake.

"Je n'ai pas faim", dit Amory, et Blake fronce les sourcils. Bien, pense Amory, qu'elle soit bouleversée. Au moins, c'est pour quelque chose d'aussi stupide que la nourriture, pas pour quelqu'un qui vous ment et qui couche avec vous alors qu'il y a quelqu'un qui l'attend à la maison.

Amory se dirige vers le lit et enlève la couverture et l'oreiller qu'elle a utilisés lors de sa première nuit ici.

"Que fais-tu?" demande Blake.

"Je ne couche plus avec toi", déclare Amory, "je vais rester au sol."

« Ne pouvons-nous pas simplement en parler ? »

«Il n'y a rien à dire», dit Amory.

«Je pense que oui», dit Blake.

"Eh bien, je me fiche de ce que vous pensez", rétorque Amory.

"Ce n'est pas ce que vous pensez", dit Blake.

"Pourquoi ne te tais-tu pas ?" demande Amory. Elle dispose la couverture et l'oreiller sur le sol.

"Je ne vais pas me taire", dit Blake, "tu es bouleversé et je tiens à toi."

Cela déclenche Amory. "Tu n'as pas le droit de te soucier de moi!" crie-t-elle à Blake, ignorant son expression blessée. « Alors pourquoi ne pas la fermer et me laisser tranquille ? Tu as obtenu ce que tu voulais de moi et maintenant c'est fini.

Blake ne répond pas, elle reste là, abasourdie. Elle marmonne alors quelque chose dans sa barbe, mais c'est si silencieux qu'Amory ne peut pas l'entendre, et pour le moment, elle s'en fiche.

Amory se blottit dans sa paillasse de fortune et ferme les yeux.

C'est incroyablement inconfortable, surtout après avoir passé autant de temps à s'habituer au lit, mais elle refuse de se pencher ou de changer d'avis à l'idée de dormir par terre. Elle garde les yeux fermés et espère qu'un jour elle pourra s'endormir, même si ce n'est que l'heure du dîner. Elle veut juste dormir et oublier tout ce qui s'est passé entre elle et Blake.

Malheureusement, cela ne fonctionne pas et Amory reste éveillé toute la nuit, réfléchissant et dans une position inconfortable.

Au milieu de la nuit, son ventre se met à gargouiller. Au début, elle l'ignore, mais au bout d'un moment, cela devient difficile à faire. Elle regarde la table, où est toujours sa nourriture. Même si cela fait des heures, le sauté sent toujours bon. Elle en veut, alors elle se lève. Elle regarde le lit pour s'assurer que Blake dort toujours. Elle est. Amory se dirige vers la table, faisant de son mieux pour se taire et ne pas réveiller Blake.

Elle mange toute la nourriture qu'il y a dans son assiette et a encore presque faim. Mais, décide-t-elle, elle devra attendre le matin pour pouvoir prendre son petit-déjeuner.

Amory lave tranquillement la vaisselle et la range. Elle sait que Blake saura ce qu'elle a fait quand elle se réveillera le matin, mais elle ne peut pas s'en soucier, même si l'idée que Blake tire une quelconque satisfaction du fait qu'Amory mange sa nourriture l'énerve.

Amory retourne vers sa petite paillasse et essaie, une fois de plus, de s'endormir. Et encore une fois, ça ne marche pas. Elle avait espéré qu'avec un ventre plein de nourriture, il lui serait plus facile de dormir, mais ce n'est pas le cas. Alors Amory reste là, pensant à quel point elle déteste Blake, jusqu'au lever du soleil.

Amory ne veut rien d'autre que d'être à la maison en ce moment. Elle aime son travail et aime aider les gens qui en ont vraiment besoin, mais être avec Blake est impossible et fait mal à son cœur fragile.

Elle veut sa maman et elle se sent comme une petite fille, qui veut rentrer à la maison pour pleurer maman. Mais sa mère a toujours été là pour elle, l'a toujours aidée lorsqu'elle était déprimée. Elle en a besoin maintenant, elle a besoin de réconfort.

Tout au long de la journée, Amory essaie de se concentrer sur son travail, mais c'est difficile. Trop de choses occupent ses pensées. Blake, son mal du pays, Natalie, et le fait qu'elle n'ait pas dormi la nuit dernière. Tous ces facteurs se réunissent pour créer une tempête d'émotions et de distraction à l'intérieur d'Amory.

Elle a vraiment de la chance que le travail soit répétitif, que dans la plupart des cas, elle soigne toujours et encore la même maladie. Il existe différents niveaux de gravité, bien sûr, mais la plupart du temps, c'est très méthodique. Cela l'aide à ne pas commettre d'erreurs. Cela ne l'empêche cependant pas de trop réfléchir. Elle le jure, la trahison de Blake l'a plongée dans le deuil et maintenant elle est dans la tristesse.

Elle souhaite pouvoir trouver quelqu'un pour la traiter correctement, pour ne pas la tromper ou la traiter comme une pièce secondaire. Elle veut juste quelque chose de long terme, sain et épanouissant. Elle veut quelqu'un en qui elle peut avoir confiance. Elle ne peut pas faire confiance à Blake et ne sait pas pourquoi elle a pensé pouvoir le faire.

Après tout, leur relation a été difficile depuis qu'ils se connaissent, et même s'il semblait que les choses s'amélioraient, que Blake avait vraiment changé, elle aurait dû s'attendre à autre chose. C'est vraiment de sa faute, et elle ne peut s'empêcher d'avoir honte de vouloir une relation avec une femme dont elle aurait dû savoir qu'on ne pouvait pas lui faire confiance ou lui donner ce dont elle avait besoin.

Quand il est temps de rentrer à la maison pour la journée, Amory voit Blake debout près des portes, l'attendant, si belle et si sexy avec ses courts cheveux noirs tombant sur son visage, mais elle ne peut pas gérer ça. Elle ne veut pas. Elle ne devrait pas avoir à le faire. Blake devrait savoir qu'il vaut mieux ne pas agir comme si elle n'avait rien fait de mal ou continuer leurs petits rituels alors qu'Amory ne veut rien avoir à faire avec elle.

Amory passe juste devant Blake, l'ignorant ainsi que ses tentatives de saluer Amory en le faisant. Lorsqu'elle revient à la cabine, elle ouvre son ordinateur portable et décide que si elle est fatiguée et ne semble penser à rien d'autre que Blake, elle pourrait aussi bien lire pour se distraire.

Cependant, cela n'aide pas. Tout ce qu'Amory a téléchargé sur son ordinateur portable, ce sont des livres d'amour, et ce n'est certainement pas le cas pour le moment. Elle gémit et ferme son ordinateur portable, faisant les cent pas dans la cabine pendant un moment. Blake la regarde, assise sur le lit, mais elle ne dit rien et Amory en est content. Elle ne pense pas pouvoir gérer ça pour le moment. Tout ce qu'elle veut en ce moment, c'est être seule et pleurer, mais c'est plutôt impossible étant donné leur situation.

Amory décide qu'il est temps de préparer le dîner, alors elle se dirige vers la cuisine. Blake se lève, comme si elle voulait la rejoindre, et Amory regarde Blake et la regarde. Blake se rassied immédiatement, l'air abattu. Elle ouvre la bouche comme si elle allait parler, mais Amory la regarde à nouveau et Blake ferme la bouche.

Bien, pense Amory, elle ne veut vraiment pas savoir ce que Blake a à dire pour le moment. Les mots de sa mère se répètent dans sa tête, et elle sait qu'ils devraient probablement avoir une sorte de conversation, surtout s'ils vont vivre ensemble pour le reste de leur séjour en Zambie, mais Amory ne supporte pas l'idée de parler à Blake. .

Son ventre se noue et il ressent une vive douleur dans sa poitrine à chaque fois qu'elle la regarde ; elle ne peut pas imaginer ce qu'elle ressentirait si Blake essayait de lui parler, s'ils essayaient d'avoir une conversation. Dans l'esprit d'Amory, Blake a déjà commis l'impardonnable, donc ça ne sert à rien d'en parler. Amory veut juste passer le reste de leur voyage en silence et en voyant Blake le moins possible.

D'une manière ou d'une autre, Amory ressent plus de haine envers Blake maintenant qu'à leur arrivée. C'est étrange, elle est passée de la haine à lui pardonner, puis à la détester à nouveau, et toutes ces émotions sont comme des montagnes russes, donnant un coup de fouet à Amory.

Amory prépare le dîner, plus de pâtes, mais cette fois elle l'associe à du riz. Elle a envie de riz depuis hier soir et décide d'en faire même si elle sait que ce ne sera probablement pas aussi bon que celui de Blake, mais elle décide d'essayer.

Au début, en cuisinant, Amory est tentée de cuisiner juste assez pour elle-même et de laisser Blake se débrouiller seule, mais cela semble inutilement cruel. Amory déteste la personne en laquelle Blake l'a transformée, quelqu'un de cruel et voulant blesser une autre personne.

Elle suppose qu'elle n'a jamais vraiment blessé Blake assez pour ce qu'elle a fait avec Natalie, et maintenant c'est tout ce qu'Amory veut, faire ressentir à Blake ce qu'elle ressent : le cœur brisé, trahi et insupportablement seul. Mais Amory lutte contre cet instinct d'être carrément cruelle envers Blake, et elle prépare suffisamment de nourriture pour eux deux.

Quand elle a fini, elle prépare deux assiettes et les laisse sur la table, mais Blake ne vient pas manger quand Amory le fait, comme elle s'y attendait à moitié. Au lieu de cela, elle attend qu'Amory aille laver son assiette pour s'asseoir à table et manger. Amory décide que c'est bien, que Blake suit parfaitement son plan pour l'ignorer.

Amory ne sait pas vraiment quoi faire pour se divertir maintenant. Elle n'a définitivement pas envie de lire un livre sur son ordinateur portable, et elle ne joue absolument pas au poker avec Blake comme elle le faisait auparavant. Mais elle décide qu'il existe d'autres jeux auxquels elle peut jouer avec ses cartes.

Elle sort ses cartes et décide que si elle ne sait pas lire pour passer le temps, elle devrait jouer au solitaire. C'est ce qu'elle fait, passant des heures sur le jeu et essayant d'engourdir son cerveau autant que possible. Elle ignore Blake alors qu'elle se déplace dans leur cabine, et après un moment, Amory se fatigue et se dirige vers sa petite paillasse. Elle tombe dans un sommeil inquiet.

Chapitre 9

BLAKE

Blake se sent comme une merde. Elle a une forte toux et elle est malheureuse depuis plusieurs jours. Amory ne lui parle toujours pas et elle ne sait pas quoi faire. Ou peut-être qu'elle sait quoi faire et qu'elle a juste peur.

Elle est presque sûre que sa toux est uniquement due à des allergies, ou du moins, elle espère que c'est le cas. Elle ne sait pas grand-chose de la situation des allergies en Zambie, mais la toux et la congestion ressemblent à des allergies.

Mais en plus de ça, Blake est blessée et elle sait qu'Amory l'est aussi. Mais elle n'a pas fait ce qu'Amory pense : elle n'a jamais trompé personne. Elle a appris la leçon il y a des années et elle ne ferait jamais ça à Amory, surtout pas à nouveau. Elle pense que c'est peut-être le karma de ce qu'elle a fait avec Natalie il y a des années, que malgré le bonheur qu'Amory lui a apporté, elle ne mérite pas le bonheur avec elle, après tout.

Blake fait les choses machinalement au travail, faisant de son mieux pour aider ses patients, mais son cœur n'y est pas. Son cœur est fixé sur Amory. Elle se demande ce qu'elle peut faire pour qu'elle l'écoute, pour qu'elle comprenne qu'elle n'est plus une tricheuse.

Elle ne sait pas. Elle ne sait tout simplement pas et ça la frustre. Chaque fois qu'elle a essayé de parler à Amory, on lui a coupé l'herbe sous le pied. Mais peut-être qu'elle n'a pas fait assez d'efforts. C'est dur d'être accusée de quelque chose qu'on n'a pas fait, et elle ne sait pas comment se sentir à ce sujet. Tout ce qu'elle ressent vraiment, c'est de la frustration et de la culpabilité. Cela ne serait jamais arrivé si elle n'avait pas trompé Natalie toutes ces années auparavant. La confiance d'Amory n'aurait pas été brisée au point qu'elle voit des choses qui n'existent pas.

Blake entre dans la zone d'un autre patient et se fige lorsqu'elle voit le Dr Paver derrière le rideau, en train de parler au patient. Elle vérifie son dossier, ouais, c'était bien son patient.

"Euh," dit Blake, confus, "que se passe-t-il ?"

Amory lui lance un regard noir. "Je parle à mon patient."

"Mais c'était mon patient," dit Blake.

"Quoi ?" demande Amory, en regardant où Blake tient son dossier. Amory s'approche et attrape le dossier, y jette un coup d'œil avant de regarder Blake avec confusion. C'est rafraîchissant pour Blake, de voir Amory la regarder sans haine dans ses beaux yeux aqua. Mais ça ne dure pas longtemps, et le regard d'Amory se durcit quand elle rend le dossier à Blake.

Amory hausse les épaules et retourne vers la patiente. « Parlez-en aux infirmières », dit-elle, et Blake sort de derrière le rideau et fait exactement cela. Elle ne peut s'empêcher de penser que c'est la fois où Amory lui a parlé le plus depuis des jours et son cœur se serre.

Ouais, apparemment, c'était juste une confusion dans les dossiers. Blake reçoit un nouveau patient et se dirige vers une nouvelle zone de patients, où Amory n'est pas là. Elle est un peu contrariée à ce sujet, pour être honnête. Elle ne veut rien de plus que d'être avec Amory et de la voir travailler.

Blake se demande quel genre de médecin elle est maintenant. Elle ne sait pas comment elle travaille depuis qu'ils étaient en résidence ensemble, et Blake se demande si Amory est toujours la femme affamée qu'elle connaissait autrefois, qui réclamait toujours à cor et à cri la prochaine maladie étrange et rare chez ses patients. Elle espère que non. Elle en doute aussi. Elle sait qu'Amory travaille en médecine familiale, un aspect beaucoup plus pratique de leur domaine.

Blake repense à leur passé et à ce qu'était Amory. Ce n'est tout simplement pas pratique de pratiquer la médecine comme ça, et de toute façon, cela n'a jamais vraiment joué en faveur d'Amory. Elle avait tellement de problèmes pour avoir ordonné des tests inutiles lorsqu'elle était résidente, c'en est presque drôle. Mais elle avait aussi les meilleures manières de se comporter au chevet du patient, capable de calmer même les patients les plus terrifiés, et Blake espère qu'elle est toujours comme ça. D'après ce que Blake a vu de son travail, cela semble être le cas.

Blake a toujours admiré la façon dont Amory traitait les patients, même si à l'époque elle ne l'aurait jamais admis. Elle regardait parfois Amory, l'observait et essayait de copier ses interactions avec les patients. Cela n'a jamais eu autant de succès, mais c'était définitivement mieux que les manières parfois impétueuses de Blake au chevet du patient. Au fil des années, cependant, Blake s'est définitivement améliorée avec ses patients, et elle se demande dans quelle mesure cela est dû à ses observations d'Amory.

Blake continue son travail et quand il est temps de partir, elle a fini avant Amory. Comme chaque jour depuis leur dispute, Blake attend Amory près de la porte, et Amory l'ignore et passe devant elle, déterminé et provocant. Blake soupire, mais elle n'est pas surprise. Elle veut juste que les choses reviennent comme elles étaient, même si cela ne semble pas être le cas un jour.

Blake suit Amory alors qu'elle se dirige vers la cabane, sans même regarder derrière elle pour voir Blake. Lorsqu'elle arrive à la cabine, elle ouvre la porte et entre, mais laisse la porte tomber pour claquer au visage de Blake. Blake soupire devant la porte fermée. C'est comme ça tous les jours depuis plusieurs jours. Amory la déteste et elle se déteste pour ça. Elle aurait dû mettre fin aux choses avec Jenna correctement avant de commencer quoi que ce soit avec Amory.

Blake entre dans la cabine et voit qu'Amory prépare le dîner. C'est un autre changement. Les deux ne cuisinent plus ensemble. Amory continue de cuisiner toute seule et la seule fois où Blake a essayé de la rejoindre et de l'aider, Amory a posé la poêle à frire et a quitté la cabine en colère.

Blake n'essaye plus d'aider ; elle s'assoit simplement sur le lit et lit un livre pendant qu'Amory cuisine. Au moins c'est un bon livre.

Amory cuisine toute seule et l'estomac de Blake grogne. Quand elle a fini, il y a du riz frit sur la table, légèrement brûlé, mais il a toujours bon goût. Elle ne dit pas à Blake quand c'est prêt, elle commence juste à manger, mais elle ne se plaint pas et ne dit rien lorsque Blake attrape une assiette et s'assoit à table. Amory regarde sa nourriture pendant tout le temps qu'ils mangent tous les deux.

Blake fronce les sourcils et fait la même chose, essayant de se concentrer sur sa nourriture pendant qu'ils mangent tous les deux. Ce qu'elle veut vraiment faire, c'est avoir une conversation avec Amory, pour se réconcilier et tout améliorer. Il faut vraiment qu'elle se remette de sa nervosité, de sa peur d'empirer les choses. Après tout, vu la situation actuelle, Blake ne pense pas que les choses puissent empirer. Il y a toujours cette petite voix dans sa tête qui lui dit le contraire, qui propose toutes sortes de scénarios dans lesquels Amory se met tellement en colère qu'elle fait quelque chose d'impétueux comme la frapper.

Blake ne pense pas qu'elle ferait un jour quelque chose comme ça, mais elle ne peut s'empêcher de ressentir la peur qui a gelé sa voix et lui a arraché des douleurs lancinantes au cœur. Elle est également terrifiée à l'idée de blesser davantage Amory, de ne pas être crue ou de dire la mauvaise chose et de faire croire à Amory qu'elle a fait quelque chose de pire que la tricherie dont elle est accusée.

Quand ils ont fini de manger, Amory retourne à sa pile de couvertures et ouvre son ordinateur portable, se cachant sous les couvertures avec. Elle agit comme si elle était déprimée, se cachant sous les couvertures et ne faisant rien d'autre que lire et jouer sur son ordinateur portable lorsqu'elle n'est pas au travail ou en train de cuisiner. Leurs jeux manquent à Blake, et aussi égoïste soit-il, elle espère qu'Amory aussi. Même si elle se sent mal de voir Amory si déprimé et seul.Blake est incroyablement seule et elle se demande si Amory ressent la même chose. Elle retourne au lit et s'assied, ne sachant pas quoi faire. Elle suppose qu'elle devrait relire.

Elle essaie de lire, mais sans succès, ne faisant que quelques pages en plus d'une heure. Elle ne peut s'empêcher de penser à Amory. L'autre femme envahit chacune de ses pensées et c'est insupportable, surtout quand elle ne peut rien y faire. Elle a envie de l'embrasser à nouveau, de la serrer dans ses bras, au moins de lui parler.

Leurs jeux, leurs taquineries et leur réveil à côté d'elle lui manquent. Elle entend Amory se tortiller sur le sol, essayant de trouver une position confortable.

"Vous savez", dit Blake en essayant un vieux truc, "ce lit est vraiment très confortable."

"Va au diable", dit Amory, sa voix étouffée sous les couvertures.

Blake tousse et ne s'arrête pas. C'est une vilaine toux, et elle ne s'arrête pas avant quelques secondes. Quand elle a fini, elle soupire. Elle espère vraiment qu'elle ne tombe pas malade.

"Non", dit Blake, soudainement en colère contre Amory et toutes ses absurdités. "J'ai dû t'écouter être en colère contre moi, m'accuser d'être un tricheur, ce qui n'est pas vrai, et maintenant tu vas m'écouter et me laisser m'expliquer."

« Je ne veux pas l'entendre », dit Amory.

« Je m'en fiche », crie presque Blake, bouleversé et énervé. "C'est toi qui as parlé et supposé, et tu as tort."

« Je n'ai pas tort », dit Amory.

Son ignorance et son insistance énervent Blake et elle se dirige vers la pile de couvertures d'Amory et enlève la couverture au-dessus de sa tête.

"Hé", objecte Amory, "c'est quoi ce bordel ?"

« Non, » dit Blake, « j'en ai marre de vos conneries. Tu vas m'écouter avant de continuer tes conneries. Alors, si tu veux toujours rester dans ton ignorance, très bien, mais tu vas m'écouter d'abord.

Amory grogne et essaie d'éloigner la couverture de Blake, mais Blake tient bon et ne la laisse pas.

"Arrête ça", demande Blake, "écoute-moi."

Amory abandonne l'idée de reprendre la couverture et croise les bras sur sa poitrine. Elle baisse les yeux et ne dit rien à Blake, mais Blake l'accepte. Elle a besoin de lui parler, même si elle se comporte comme un mur de briques.

"Écoutez", dit Blake, "je suis désolé pour ce que j'ai fait avec Natalie."

"Oh, et toi ?" » demande Amory, le sarcasme et la colère dégoulinant de sa voix.

"Oui", dit Blake, "il est clair que ça t'a gâché, d'autant plus que tu m'accuses maintenant de tromper une petite amie que je n'ai pas. Mais je n'ai trompé personne parce que je ne sors avec personne. Je n'ai pas eu de petite amie depuis plus d'un an et j'ai parlé de toi à Jenna après que les choses ont commencé avec nous, donc ce n'est pas comme si elle ne le savait pas ou n'était pas d'accord avec ça.

Blake s'arrête un instant et tousse à nouveau. Elle attribue cela aux allergies. Elle ne sait pas pourquoi elle tousserait ainsi.

"Jenna et moi ne sommes que des amis", poursuit Blake. « Nous faisions un truc d'amis avec avantages sociaux, mais nous y avons mis fin à cause de vous. J'aurais dû y mettre fin avant de commencer les choses avec toi. J'aurais dû être plus franc avec vous à ce sujet et j'en suis désolé.

«Je ne te crois pas», dit Amory, son beau visage toujours en colère.

Blake soupire. « Bien sûr que non. Parce que tu es tellement têtu et coincé dans tes habitudes. Vous ne croirez même pas la vérité parce que c'est ce que je vous dis.

"Comment suis-je censé croire que c'est la vérité", dit Amory, "alors que tu m'as menti et m'as déjà blessé ?"

Blake ne sait pas quoi dire, comment faire comprendre à Amory qu'elle ne ment pas et n'essaie pas de lui faire du mal. «Je ne vous ai jamais vraiment menti dans le passé non plus», dit Blake. « Ce que j'ai fait t'a clairement blessé, mais je n'ai pas menti. Je ne savais pas que tu sortais avec Natalie et je t'ai dit tout ce que je savais. Tu le sais."

Amory fronce les sourcils, puis elle croise les bras et souffle.

Blake soupire et fait la seule chose qu'elle sait faire. Elle embrasse Amory, se mord la lèvre et la pousse sur le sol, s'asseyant sur elle.

"Que diable?" demande Amory.

« Je n'ai pas ressenti cela à l'égard de quelqu'un d'autre depuis des années », dit Blake, « je ne me suis pas autant soucié de quelqu'un depuis une éternité. Je tiens vraiment à toi, Amory, et je ne te mens pas. Je vous dis la vérité parce que j'espère que vous ressentez la même chose que moi.

Elle regarde Amory dans les yeux et est surprise d'y voir des larmes, lui disant de ne pas perdre espoir.

«Je...» Amory renifle, «Je tiens à toi aussi», admet-elle, «mais je ne peux pas te faire confiance. Pas comme ça."

Blake soupire et décide qu'elle ne peut plus rien faire. La confiance d'Amory a été brisée il y a longtemps, et Blake ne peut rien faire pour y remédier. Amory doit le faire, et il ne semble pas qu'elle soit prête.

"D'accord", dit Blake avec un soupir avant de recommencer à tousser. Elle se penche sur son coude pour empêcher Amory de se faire asperger de sa toux.

Amory se redresse, alarmé, faisant presque tomber Blake au sol.

"Êtes-vous d'accord?" demande-t-elle, alarmée et inquiète.

Dans d'autres circonstances, Blake serait réconfortée par son inquiétude, mais Amory a clairement fait savoir qu'elle n'était pas prête à lui pardonner, ni pour avoir couché avec Natalie ni avec Jenna, même si elle a changé et n'a pas triché.

«Je vais bien», dit Blake.

"Non, ce n'est pas le cas", argumente Amory. « Tu dois t'allonger. Je vais te chercher de l'eau.

Elle conduit Blake au lit et se dirige vers la cuisine où elle prend une bouteille d'eau et l'apporte à Blake. Elle tend à Blake la bouteille dont le bouchon est déjà retiré.

Blake boit de l'eau et cela l'aide à apaiser sa gorge.

"Je vais prendre une douche", dit Blake une fois qu'elle a fini avec l'eau. J'espère qu'une douche l'aidera à se sentir mieux.

"D'accord", dit Amory en jetant la bouteille en plastique avant de retourner sur sa couverture par terre.

Blake va aux toilettes et ouvre l'eau.

Blake : J'ai essayé de lui parler

Jenna : Comment ça s'est passé ?

Blake : Pas génial

Blake : Je pense qu'elle me déteste toujours

Jenna : Je doute qu'elle te déteste

Jenna : Elle est juste blessée

Blake : Je sais, je ne sais juste pas quoi faire d'autre

Jenna : Voudrais-tu que je lui parle ?

Blake : Je ne sais pas si cela aiderait

Jenna : Ça ne peut pas faire de mal

Elle a raison, pense Blake, et elle donne donc le numéro de téléphone de Jenna Amory. Peut-être que le fait que Jenna lui parle prouvera que Blake ne l'a pas trompée. Mais là encore, si Blake lui a parlé ne l'a pas influencée, elle ne sait pas ce que Jenna pourrait dire qui pourrait l'aider.

Elle se demande si elle devrait simplement l'abandonner et accepter qu'Amory la déteste. Même si l'idée d'abandonner lui fait mal au cœur, elle pense que cela pourrait être la meilleure option pour tout le monde. Amory est malheureux et Blake devrait probablement passer à autre chose, mais elle ne sait pas si cela est même possible pour elle. Elle ne veut pas avancer, elle veut trouver son bonheur avec Amory, mais pour le moment, il ne semble pas qu'elle soit capable de trouver autre chose que de la tristesse avec elle.

Je pense que je suis amoureux d'elle et j'ai tout foutu en l'air.

Chapitre 10

AMORY

Amory est en conflit et inquiet. Blake a manqué son travail aujourd'hui. Elle toussait toute la matinée et toute la nuit. Mais même dans ce cas, il a fallu qu'Amory appelle pour qu'elle accepte de s'absenter du travail. Amory va travailler mais s'inquiète pour Blake au chalet. C'est étrange. Elle sait qu'elle est en colère contre Blake et ne lui fait pas confiance, mais il lui est difficile de ne pas se soucier d'elle. C'est pourquoi toute cette situation l'a tellement blessée : parce qu'elle se soucie de Blake, elle a de forts sentiments pour Blake même si elle ne veut pas l'admettre maintenant.

Elle fait son travail, vérifiant ses propres symptômes ce faisant. Elle n'a ni toux, ni fièvre, ni quoi que ce soit d'extraordinaire, donc elle ne doit pas avoir attrapé ce que Blake a. Elle espère que ce ne sont que des allergies, comme le pense Blake, mais elle en doute.

Pendant le déjeuner, elle vérifie son téléphone et voit un SMS provenant d'un numéro inconnu.

Jenna : Hé, c'est Amory ?

Amory : Oui ? Qui est-ce?

Jenna : Voici Jenna. Je suis la personne à qui Blake parlait l'autre jour.

Amory ne peut pas s'empêcher de dire qu'elle est sur le point de se faire mâcher par cette femme qui lui en veut d'avoir couché avec son partenaire, même si elle ne savait pas que Blake voyait quelqu'un. .

Jenna : Blake m'a donné ton numéro. Elle m'a demandé de te parler

Quoi? Cela n'a pas de sens. Pourquoi Blake voudrait-il que cette fille Jenna lui parle ? Pourquoi Jenna serait-elle d'accord ? Cela n'a aucun sens avec tout ce qui se passe dans la tête d'Amory.

Amory : A propos de quoi ?

Jenna : Je pense que vous avez eu un énorme malentendu. Blake n'est pas ma petite amie. La seule chose que nous ayons jamais été, c'était fwbs

Jenna : Et elle y a mis fin dès que les choses ont commencé avec toi
Amory : Quoi ?

Amory soupire pour elle-même. C'est ce que Blake lui a dit hier soir, mais elle ne voulait vraiment pas y croire. Une partie d'elle le faisait, mais tout semblait trop facile. Mais maintenant, cela semble si difficile. Amory a peut-être merdé, mais elle ne veut pas se l'admettre. Elle commence à réaliser qu'il était plus facile pour elle de croire que Blake n'a jamais changé que d'admettre qu'elle tenait à elle, qu'elle tenait à elle, qu'elle pourrait tomber amoureuse d'elle.

Jenna : Ouais, nous n'avons jamais été ensemble. Je ne veux vraiment pas de relation.

Jenna : Nous avons juste utilisé le sexe pour nous défouler. Cela n'a jamais été sérieux.

Amory ne sait pas comment se sentir ni quoi penser à ce sujet. Elle a en partie l'impression qu'elle doit des excuses à Blake, mais elle est tellement têtue qu'elle ne veut pas en faire une. C'est tellement foireux, et elle le sait. Elle doit certainement des excuses à Blake, si Blake lui pardonne.

Jenna : Et Blake m'a dit qu'elle manquait le travail. Est-ce qu'elle va bien?

Amory : Je ne sais pas.

Amory : Je vais faire de la soupe en rentrant à la maison. J'espère que ça aidera.

Jenna : Si la situation empire, tu devras peut-être la forcer à se faire examiner. Elle est trop têtue pour le faire seule.

N'est-ce pas la vérité. Comment diable les deux personnes les plus têtues du monde se sont-elles retrouvées ensemble dans une cabane ? Et plus encore, comment les deux personnes les plus têtues du monde ont-elles fini par avoir des relations sexuelles et prendre soin l'une de l'autre ? Amory a l'impression qu'elle doit des excuses à Blake, mais elle ne sait pas comment en présenter une. Elle n'a jamais été douée pour s'excuser.

Amory : Je le ferai. Je la verrai plus tard

Jenna : Et Amory

Jenna : Blake m'a dit ce qu'elle a fait avec ton ancienne petite amie, et je ne dis pas que tu devrais lui pardonner, mais je sais qu'elle ne te fera plus jamais ça

Amory fronce les sourcils au message texte. Elle commence à se sentir comme une vraie bite. Elle a simplement supposé que Blake trichait, et même si elle l'avait fait dans le passé, elle l'a supposé sans aucune preuve. Elle ne l'a pas non plus écoutée lorsqu'elle a essayé d'expliquer la situation. Il a fallu qu'une autre personne s'implique pour qu'elle retrouve enfin la raison. Combien de personnes supplémentaires devront lui parler avant qu'elle ne grandisse et ne réalise que Blake n'est vraiment plus la même personne qu'elle a connue il y a toutes ces années ?

Quand Amory a fini de travailler, elle se dirige seule vers la cabane. Si elle est honnête avec elle-même, rentrer chez elle avec Blake lui manque. Cette fois où Blake lui tenait la main, avant que tout n'explose, son estomac picotait et elle en voulait plus. Si elle parvient à se remettre d'elle-même, elle pourrait la voir avec Blake créer quelque chose à long terme, peut-être créer une vie ensemble.

Amory le veut vraiment, mais elle a peur. Elle est convaincue que Blake va faire quelque chose pour tout gâcher. Elle pensait qu'elle avait fait quelque chose pour tout gâcher, elle pensait qu'elle avait encore triché. Maintenant qu'elle connaît vraiment la vérité, elle a toujours peur, mais elle est aussi en colère contre elle-même. Elle n'a même jamais vraiment donné une chance à Blake. Elle a laissé les vieilles blessures faire obstacle à un bonheur potentiel.

Amory était tellement terrifiée à l'idée que Blake fasse quelque chose pour ruiner leur relation, se rend-elle compte, que c'est elle qui l'a ruinée. Elle suppose qu'ils sont quittes maintenant, mais cela n'aide pas à soulager l'énorme culpabilité qu'Amory ressent face à la façon dont elle a traité Blake. Elle avait tellement tort.

Elle le sait maintenant, mais ne sait pas quoi faire, comment se rattraper auprès de Blake. Elle entre dans la cabine pour voir toutes les lumières éteintes et Blake assis dans le lit en toussant. Elle a l'air misérable, son visage est rouge et Amory est presque sûr qu'elle a de la fièvre.

"D'accord", dit Amory, "ça y est, tu vas à la clinique."

«Je vais bien», dit Blake.

« Tu ne vas pas bien », proteste Amory, « tu es clairement malade. Vous devez être traité pour tout ce qui se passe.

Blake gémit et s'allonge sur le lit avant de se redresser immédiatement et de tousser. Amory ne se rapproche pas d'elle, ne veut pas attraper ce que Blake a, alors elle attend qu'elle ait fini de tousser avant d'avancer.

« Vous ne pouvez pas vivre comme ça », raisonne Amory. "La situation ne s'est pas améliorée, juste pire."

« Tout ira bien », dit Blake.

« Vous êtes un médecin pour avoir crié à haute voix ! Vous savez que ce n'est pas comme ça que ça marche.

« Ce ne sont que des allergies », proteste Blake.

"S'il ne s'agit que d'allergies, vous n'avez rien à craindre", déclare Amory. "Ils vous testeront simplement pour détecter les maladies et les infections et si ce n'est rien, vous pourrez redevenir malheureux, mais cela ne ressemble pas à de simples allergies."

Blake ne répond pas, il se contente de gémir.

"Allez," dit Amory, "tu ne veux pas retourner travailler ?"

«Je peux retourner au travail demain», déclare Blake.

"Pas comme ça, tu ne le feras pas", répond Amory. « Vous ne voulez pas rendre vos patients plus malades, n'est-ce pas ?

Cela amène Blake à écouter, tout comme Amory le savait.

"Non", dit Blake.

"Et tu veux me rendre malade?" demande Amory. Elle sait qu'elle joue salement, la culpabilité pousse Blake à chercher un traitement, mais si Blake ne veut pas aller à la clinique pour sa propre santé, Amory est prête à faire tout ce qu'il faut.

«Jenna m'a envoyé un texto aujourd'hui», dit Amory.

Cela amène Blake à la regarder, l'excitation et l'inquiétude dans ses yeux malades. "Et qu'a-t-elle dit?"

« Si vous allez à la clinique, je vous dirai quand nous aurons fini », dit Amory.

Blake fronça les sourcils et plissa les yeux avant de gémir. "Très bien", dit-elle, "laisse-moi d'abord m'habiller."

"Eh bien, je n'avais pas prévu de t'y emmener en pyjama", dit Amory. "Fermez-la."

Amory rit. Ça lui manquait, ça lui manquait de parler à Blake comme à un ami. Elle n'a pas eu le sentiment d'avoir le droit de se soucier d'elle, et elle a manqué de l'ennuyer tout en sachant que Blake n'est pas vraiment ennuyé et que les deux se soucient vraiment l'un de l'autre.

C'est beaucoup de choses à comprendre pour Amory. Elle a tellement essayé de prétendre qu'elle n'est qu'en colère contre Blake, qu'elle ne s'en soucie pas et ne s'est jamais souciée d'elle. Ce n'est pas vrai, mais c'était plus facile. Mais aujourd'hui, cela n'a rien de facile. Son rire se transforme en un rapide froncement de sourcils et elle se réprimande pour ce qu'elle a fait. Comment Blake pourrait-il un jour lui pardonner ?

Elle attend que Blake s'habille, jouant avec ses doigts près de la porte pendant que Blake va aux toilettes et se prépare. Amory peut entendre Blake tousser d'ici, et elle est sûre que sa toux s'est encore aggravée. Elle s'inquiète pour elle et décide d'informer l'amie de Blake de ce qui se passe, pour se donner autre chose à penser.

Amory : J'emmène Blake à la clinique. Elle ne se sent pas mieux

. Jenna : D'accord. Tenez-moi au courant

Amory : Will do

Amory décide alors d'envoyer un SMS à sa mère. Sa maman a toujours été un réconfort. Peut-être qu'elle saura quoi faire.

Amory : Je suis tellement confuse.

Maman : Qu'est-ce qui ne va pas ?

Amory : Apparemment, Blake n'a pas trompé cette autre fille comme je le pensais

Amory : Ils étaient juste amis avec des avantages, mais ne sortaient pas ensemble

Maman : Et Blake ne t'a-t-il pas dit qu'ils couchaient ensemble

Amory : Ouais,

c'est comme ça que tout ce désordre a commencé, Blake lui parle de Jenna, ce qui amène Amory à penser que Blake trompait l'autre fille alors qu'elle ne l'était pas. Elle se rend compte que sa mère avait raison lors de leur appel téléphonique, qu'il y avait plus dans l'histoire que ce qu'Amory voyait.

Maman : Alors vous devriez en parler tous les deux.

Maman : Est-ce que tu lui pardonne ?

Amory : Je veux

Maman : Alors tu devrais t'excuser

Amory : Mais c'est tellement dur

Maman : Je sais. J'aimerais vraiment que ce ne soit pas le cas, mais je sais

Maman : Tu as hérité de mon entêtement, c'est sûr

Maman : Tu sais, c'est en partie pour ça que ton père et moi avons rompu

Maman : J'étais trop têtue pour lui pardonner la moindre erreur . Et tout cela est devenu trop lourd et c'est l'un de mes plus grands regrets. J'avais tellement de colère contre lui, et je déteste voir cette colère en toi

Maman : Si tu l'aimes, tu devrais laisser tomber. Ça n'en vaut pas la peine

Amory : Je sais, j'ai juste peur

Maman : C'est bien d'avoir peur, mais ce n'est pas bien de perdre du bonheur à cause de ça

Amory fronce les sourcils. Elle sait que sa mère n'aime pas parler de son père, n'aime pas parler de leur rupture compliquée. La mère d'Amory doit penser que c'est sérieux pour qu'elle évoque le père d'Amory, pour qu'elle évoque ses propres erreurs dans la relation.

C'est grave, suppose Amory, elle se laisse perdre du bonheur à cause d'une rancune vieille de plusieurs années. Quelque chose qui ne s'est même pas avéré être ce qu'elle pensait. Elle se rend compte qu'elle a l'habitude de supposer de mauvaises choses à propos de Blake.

Elle a supposé que Blake avait couché avec Natalie exprès pour l'attaquer, mais Blake n'a même pas appris qu'Amory sortait avec Natalie jusqu'à ce qu'ils se fassent prendre. Et elle était amoureuse d'elle, faisant des bêtises par amour. Amory suppose qu'elle fait aussi des choses stupides par amour. Détester Blake parce qu'elle avait peur était définitivement une chose stupide.

Et Amory a supposé que Blake et Jenna sortaient ensemble et que Blake trompait Jenna avec Amory. Mais maintenant, elle sait que ce n'est pas le cas. Elle sait que Jenna et Blake ne sont jamais sortis ensemble.

Amory se sent comme un énorme idiot. Elle a l'impression d'être une vraie conne. Elle devrait savoir qu'il ne faut jamais présumer, mais cela ne l'a pas arrêtée, et maintenant elle vit au lendemain d'hypothèses faites avec un cœur brisé, un cœur trop effrayé pour admettre qu'elle tient à Blake.

Quand Blake a fini de s'habiller, Amory la conduit à la clinique, gardant une main sur son bras pendant qu'elle tousse presque tout le long du trajet.

« Ouais », dit Blake lorsqu'ils s'approchent de la clinique en toussant à nouveau, « peut-être que je suis malade.

Amory lui lance un regard. "Sans blague."

Ils arrivent à la clinique et Amory aide Blake à s'enregistrer, puis ils attendent tous les deux dans la salle d'attente. Amory remarque que quelques infirmières les regardent avec inquiétude, mais elle les ignore.

L'un d'entre eux s'approche et Amory lui fait un sourire tandis que Blake tousse fort à côté d'elle.

« Salut », dit-elle, et Amory ne se souvient pas de son nom, mais son badge indique Jamie.

"Salut", dit Amory.

"Est-elle malade?" » demande Jamie en désignant Blake.

"Ouais", dit Amory, "je veux dire, elle n'arrête pas de dire que ce sont des allergies, mais j'en doute fortement."

Jamie hoche la tête. «Il vaut certainement mieux se faire examiner», dit-elle. "Puisque vous êtes tous les deux médecins, je vais parler aux infirmières et voir si nous pouvons vous faire voir plus tôt."

«Merci», dit Amory.

"Vous n'avez pas besoin de le faire", dit Blake, "je peux attendre."

« Eh bien, plus tôt vous serez pris en charge, plus tôt vous pourrez retourner au travail », raisonne Jamie. "Et nous avons besoin d'autant de mains que possible en ce moment."

"D'accord", dit Blake, "c'est logique."

Jamie part et elle tient parole. Blake est vu dans les dix minutes. L'autre médecin prélève du sang et fait une tonne de tests pour voir ce que Blake a. Au bout d'un moment, un médecin entre dans la pièce avec les résultats des tests. Blake a la grippe et une infection pulmonaire.

Amory est un peu surprise puisqu'elle n'a eu aucun patient grippé à sa connaissance, mais elle est également reconnaissante que ce ne soit pas quelque chose de plus grave.

Les médecins prescrivent à Blake des médicaments pour soulager les symptômes et l'infection pulmonaire, mais comme la grippe est un virus, ils ne peuvent pas lui prescrire grand-chose d'autre que le repos au lit et beaucoup de liquides.

Amory aide Blake à retourner à la cabine et la pose sur le lit.

"Alors qu'est-ce que Jenna t'a dit ?" » demande Blake quand elle est au lit, entre deux toux.

"Vous aviez raison et je suis désolé", dit Amory. « Elle m'a dit que tu ne la trompais pas. J'aurais dû t'écouter.

« Ouais, » dit Blake, « mais je comprends pourquoi tu ne m'as pas cru. Je t'ai déjà fait du mal. Il est difficile de croire que les gens ont changé, surtout quand ils vous ont déjà fait du mal.

"Ouais," dit Amory en fronçant les sourcils, "mais j'aurais quand même dû écouter. J'aurais dû te donner une chance.

"Eh bien, tu m'as donné une chance au début, et tu me donnes une chance maintenant. C'est tout ce que je pouvais demander.

"Et pour ce que ça vaut", dit Blake, "je suis vraiment désolé pour ce qui s'est passé avec Natalie."

"Je sais", dit Amory, sachant à quel point Blake se sent coupable pour cela. Ce n'était même pas entièrement de sa faute et elle ne cesse de s'excuser. "Et je te pardonne."

« Alors tout va bien, n'est-ce pas ? Est-ce que cela signifie que nous allons tous bien ?

"Oui", dit Amory en riant. "Nous allons tous bien." Amory se demande comment Blake a pu lui pardonner si facilement, alors qu'elle ne pouvait pas pardonner à Blake quelque chose qu'elle n'avait même pas fait.

"Bien", dit Blake, "parce que je pense que je tombe amoureux de toi."

Amory sent une bouffée de chaleur parcourir son corps. C'est exactement ce qu'elle avait besoin d'entendre, mais elle est terrifiée. Elle prend une profonde inspiration, prend la main de Blake et regarde ses beaux yeux marron foncé.

"Je pense que je tombe amoureux de toi aussi."

Blake sourit et lui serre la main avant d'éclater dans une nouvelle quinte de toux. "Et je te dirais de venir ici et de me donner un autre baiser, mais je ne veux pas te rendre malade."

Amory rit et se penche pour embrasser Blake sur le front.

«Je vais prendre ça», dit Blake.

Une semaine plus tard, et Blake va mieux. Elle retourne travailler avec Amory et tous deux reprennent leur ancienne routine, retournant ensemble à la cabane et préparant le dîner le soir.

Ils quitteront la Zambie dans quelques semaines et Amory s'inquiète des conséquences pour leur relation. Ils n'ont même pas encore parlé de l'avenir. Si Amory est honnête avec elle-même, elle pense vraiment que Blake est le bon. Elle se sent plus heureuse avec Blake qu'elle ne l'a jamais été.

Elle est naturellement un peu nerveuse. Après tout, cela fait des années qu'elle n'est pas en couple, et son partenaire choisi est Blake Gold, entre autres. Cela n'aide pas qu'elle se sente toujours coupable de supposer que Blake la trompait. Elle ne veut pas gâcher ce qu'ils ont.

Elle veut en parler avec Blake mais ne sait pas comment aborder le sujet. Pourquoi Blake ne pouvait-il pas le faire ? Pouah. Elle déteste être anxieuse. Elle est normalement trop confiante et n'a peur de rien, mais être avec Blake fait que son cœur agit de manière géniale et que ses tripes se tordent par endroits.

Amory mange sa nourriture pendant qu'ils mangent tous les deux. Ils ont encore fait du chili, et c'est tellement bon. C'est aussi un repas facile, alors ils l'ont mangé plusieurs fois depuis leur arrivée en Zambie. C'est une bonne chose que le piment soit l'un de leurs aliments préférés, sinon Amory peut imaginer qu'il vieillirait rapidement. Tout comme il y a une abondance de riz et de pâtes dans leur garde-manger et qu'Amory est à court de façons nouvelles et intéressantes de préparer du riz, et elle aime le riz frit. Ils ont également dû apprendre à cuisiner le maïs et le mangent à presque tous les repas.

Ils en mettent même dans le chili, mais c'est bon avec les haricots, et Amory peut à peine faire la différence.

"Alors," commence Amory et fait une pause. Blake la regarde comme prévu et Amory regarde sa nourriture. Maudit soit ses nerfs.

Cela devrait être facile et constituer la prochaine étape évidente dans une relation en développement.

"Quoi?" » demande Blake comme si elle ignorait la détresse intérieure d'Amory.

«Nous devons parler», dit Amory, en espérant que Blake comprendra ce qu'elle veut.

"Que veux-tu dire?" » demande Blake, et Amory devient de plus en plus frustré et anxieux.

"Euh," essaie à nouveau Amory. "Que sommes-nous?" lâche-t-elle.

"Que veux-tu dire?" » demande Blake, confus. " Genre, ne sommes-nous pas médecins ? "

Amory gémit et tourne son attention vers sa nourriture, en mettant une fourchette dans sa bouche. Elle déglutit et prend une profonde inspiration. "Non", dit-elle, puis elle grimace, "Je veux dire, oui, mais ce n'est pas ce que je demande." Elle prend un moment pour reprendre son souffle et essaie de rassembler un peu de son courage de docteur avant de regarder à nouveau Blake.

« Je veux dire, » dit-elle, « tu veux que nous soyons ensemble, comme correctement, quand nous rentrerons à la maison ?

Les yeux de Blake s'illuminent et elle hoche vigoureusement la tête, ressemblant à une tête branlante.

Oui, bien sûr", dit-elle. "Honnêtement, je pensais que nous étions déjà ensemble, comme correctement."

"Tu l'as fait?" demande Amory.

«Ouais», dit Blake.

Amory pousse un soupir de soulagement de savoir que Blake est sur la même longueur d'onde qu'elle. Elle rit un peu en pensant que Blake était peut-être aussi trop anxieux pour avoir une conversation sur ce qui se passait entre eux. Amory sourit à Blake puis pose la partie suivante de sa question.

« Que se passera-t-il une fois de retour à la maison ? » elle demande. « Comment allons-nous faire en sorte que cela fonctionne ? »

Blake s'arrête un instant et regarde Amory. "Bébé, je t'aime. Je veux que cela fonctionne. Je veux que nous sortions ensemble correctement, comme nous ne l'avons pas fait jusqu'à présent. Je veux que nous fassions un avenir ensemble.

"D'accord", dit Amory et sourit avec soulagement. « Bien, parce que je veux être avec toi longtemps et.... euh... je t'aime aussi. Maintenant que c'est réglé, les nerfs dans l'estomac d'Amory disparaissent, et maintenant elle se retrouve avec des papillons dans le ventre à cause du « Je t'aime ».

Je l'aime.

Tant qu'il n'y a plus de drame ou d'hypothèses stupides, Amory peut la voir avec Blake être ensemble pendant longtemps, construisant une vie ensemble. Elle se demande à quoi ressemblerait une vie avec Blake. Peut-être qu'ils pourraient avoir un chat ensemble. Blake a déjà un chat, peut-être que le chat de Blake pourra devenir leur chat.

Elle veut tellement que ce soit son bonheur pour toujours. Elle sait également qu'elle doit travailler sur elle-même, elle doit résoudre ses problèmes avec Blake et ses problèmes de confiance avec les fréquentations en général. Peut-être qu'elle devrait voir un thérapeute ou quelque chose du genre. Elle n'a pas vu de thérapeute depuis qu'elle est à l'université, et elle a un peu peur d'aller en thérapie – cela ne correspond pas à son look de médecin – mais pour Blake, elle fera tout pour s'assurer qu'ils obtiennent tous les deux. leur chance pour toujours.

Le lendemain, après le travail, Amory accueille Blake près de la porte et fait quelque chose qu'elle n'a jamais fait auparavant. Elle embrasse Blake. C'est devant toutes les infirmières et les patients dans la salle d'attente.

C'est un bref baiser, et il est probable que personne, à l'exception de la réceptionniste, qui leur sourit, ne l'ait remarqué, mais Amory n'a jamais vraiment aimé les démonstrations d'affection en public, donc c'est très important pour elle.

Blake lui sourit largement, les yeux brillants et tout, et elle passe un bras autour de la taille d'Amory.

« Êtes-vous prêt à retourner à la cabine ? elle demande.

"Absolument", dit Amory, son estomac grognant légèrement. Elle sourit à Blake.

Elle veut également un peu plus que de la nourriture de Blake et est ravie de tester tous les jouets de Blake pendant le reste de leur séjour en Zambie. Elle a beaucoup apporté, et parfois Amory se demande pourquoi, mais elle ne s'en plaint certainement pas.

Ils se dirigent vers la cabane, se tenant la main et marchant près l'un de l'autre. Quand ils arrivent, Blake ouvre la porte et laisse Amory entrer devant elle. Dès qu'ils sont tous les deux à l'intérieur, Blake ferme la porte derrière elle, attrape Amory par le dos de sa chemise et la pousse contre le mur. Elle dépose un baiser sur les lèvres d'Amory, et Amory mord.

Blake rit. «Ça m'a manqué», dit-elle.

«Moi aussi», dit Amory. Même s'ils se sont réconciliés il y a plus d'une semaine, ils n'ont pas eu l'occasion de faire l'amour ou de partager autre chose que de chastes baisers. Pas vu à quel point Blake était malade ou à quel point ils étaient tous les deux fatigués la nuit dernière.

Blake embrasse à nouveau Amory et presse leurs corps l'un contre l'autre. Elle passe une main sous la chemise d'Amory et attrape un sein sous son soutien-gorge. Elle reprend ensuite sa main et travaille à déboutonner la chemise d'Amory.

Elle bouge lentement et Amory gémit, la suppliant de se dépêcher déjà.

"Patience, chérie", dit Blake.

Amory gémit à nouveau : "Je n'ai plus patience."

Blake rit et finit de déboutonner sa chemise. Elle l'enlève et tire sur la bretelle du soutien-gorge d'Amory, avant de passer la main autour de son dos et de la dégrafer.

Elle prend les vêtements et les jette à travers la pièce, laissant Amory complètement seins nus et Blake tend la main, prenant l'un des tétons d'Amory dans sa bouche.

Amory halète et gémit. Elle se penche légèrement en avant, encourageant Blake, et Blake rit avant de passer à l'autre mamelon.

Pendant qu'elle suce le mamelon d'Amory, Blake déplace ses mains vers le pantalon d'Amory et les déboutonne. Elle lâche le téton et enlève le pantalon, les sous-vêtements et tout.

Amory est complètement nu alors que Blake est entièrement habillé et ce n'est pas juste. Amory tend la main vers la chemise de Blake, dans le but de l'enlever, mais Blake s'éloigne.

"Euh, chérie", dit-elle. "Toi en premier."

Amory gémit de frustration, mais cela s'arrête lorsque Blake met deux doigts à l'intérieur d'elle et elle gémit, luttant pour rester debout, surtout lorsque Blake trouve facilement son point G. Blake a des doigts longs et forts, et ils se sentent comme le paradis en elle.

Oh, mon Dieu", dit Amory, les jambes tremblantes pendant que Blake la baise et que Blake rit.

"Voulez-vous aller au lit?" elle demande.

Amory hoche la tête, même s'il ne veut pas que les doigts de Blake la lâchent.

"D'accord, petite fille", dit Blake en retirant sa main. Elle aide à conduire Amory jusqu'au lit et l'allonge avant de reprendre ce qu'elle faisait.

Blake la baise plus fort et plus vite et Amory se sent gicler pour les doigts de Blake. Une fois, deux fois, trois fois. Le lit est mouillé, mais aucun d'eux ne s'en soucie.

Blake retire ses doigts et s'éloigne et Amory lève les yeux en désespoir de cause.

Je dois venir...

"S'il te plaît...."

Blake lui sourit, "Patience, bébé, patience."

Blake enlève son pantalon et enfile la sangle du harnais. Il est en cuir noir et a l'air aussi sexy que l'enfer sur elle.

Elle y glisse le gode et resserre les sangles. Le gode a l'air épais, noir et incroyable.

Amory ouvre grand les jambes alors qu'elle fait signe à Blake de venir vers elle.

« S'il vous plaît, euh.... J'ai besoin que tu me baises... J'ai hâte de le sentir en moi... »

Amory se rend compte qu'elle n'a jamais été baisée avec une sangle, mais pour le moment, elle ne veut plus rien au monde.

"Retourne-toi", dit Blake, sa voix rauque et plus sexy que jamais.

Les yeux d'Amory s'écarquillent à cette demande. Elle ne se retourne généralement pas pendant les rapports sexuels. Bon sang, ça faisait si longtemps qu'elle n'avait pas fait l'amour avant Blake.

Mais elle sait qu'elle le veut tellement qu'elle fera tout pour cela.

Alors, elle se retourne pour s'allonger sur le ventre sur le lit.

Elle sent les mains de Blake sur ses hanches qui tirent soudainement ses fesses vers elle, puis elle se retrouve à quatre pattes avec ses fesses positionnées au bord du lit. Elle se sent grande ouverte, vulnérable et plus excitée que jamais auparavant.

Elle sent les doigts de Blake courir le long de la fente de son cul, taquiner son anus, traîner dans son humidité, trouver son clitoris. Son corps tout entier frissonne à chaque contact intime.

Oh mon Dieu.

Elle s'entend gémir bruyamment. C'était quelque chose qu'elle n'avait jamais imaginé vouloir auparavant, mais elle se sentait absolument absorbée par ce désir.

Blake la taquina davantage avec ses doigts.

"Je vais te baiser, bébé. Je vais te baiser si bien que tu viens si fort pour moi et que tu gicles partout.

Amory pensait qu'elle pourrait s'enflammer complètement à tout moment.

Elle sentit à nouveau les mains de Blake sur ses hanches et le contact soudain de la bite en silicone de Blake sur sa vulve.

Elle laissa chaque seconde exquise de plaisir tandis que Blake la guidait en elle. Elle ressentit la douce douleur/plaisir alors que son corps s'étirait pour accueillir l'épais gode.

Blake la ramena lentement dessus.

"Tu vas me prendre tout en toi, bébé. Tout le." Amory entendit ses propres halètements lorsqu'elle sentit la claque du bassin de Blake contre le sien.

Putain, ça fait du bien.

Tu aimes ça, bébé?"

"Ouais... oh mon Dieu, Blake. Baise-moi. S'il te plaît, baise-moi.

Elle entendit le rire de Blake. Elle n'avait clairement pas besoin de lui demander deux fois. Amory sentit la prise se resserrer sur ses hanches alors que Blake commençait à la baiser. D'abord, long, lent et profond. Et puis plus fort et plus vite, le corps d'Amory secoué à chaque poussée, elle sentit ses seins se balancer.

Elle entendait ses gémissements, ses cris, de plus en plus incontrôlables. Elle doit porter la main à sa bouche et mordre pour empêcher les cris de sortir de ses lèvres.

Mais cela ne dure pas longtemps, car Blake retire sa main de sa bouche.

"Non," dit Blake, toujours en train de baiser Amory, "Je veux t'entendre."

«J'ai peur d'être trop bruyant», dit Amory.

"Je m'en fiche", dit Blake, se déplaçant plus vite et Amory gémit bruyamment.

Amory sent son orgasme commencer à se développer au plus profond d'elle. Soudain, elle sent le pouce de Blake taquiner son anus et elle ne s'est jamais sentie aussi excitée de toute sa vie.

"Est-ce que ça va, bébé?"

"Euh... je veux... je ne l'ai jamais fait auparavant...." Amory parvient à parler entre des gémissements.

Elle sent le pouce s'enfoncer en elle, l'ouvrir et pousser à l'intérieur d'elle. C'est plus incroyable que tout ce qu'elle a jamais fait sexuellement. Elle repousse son cul. Elle en veut plus et Blake oblige.

Ce doivent être les doigts de Blake qui pénètrent maintenant dans son cul, poussant longuement et profondément alors que le gode est toujours dans sa chatte. Elle sent les doigts s'enfoncer en elle et l'étirer.

"Oh mon Dieu, je suis si proche", halète-t-elle.

"Touche ton clitoris", dit Blake. "Viens pour moi, bébé."

Amory tend sa main droite sous son corps jusqu'à son clitoris. Elle sent que son corps est perdu pour elle.

Elle pousse durement ses doigts contre son clitoris et avec deux coups glissants de son clitoris et les doigts et la bite de Blake si profondément en elle, son orgasme la traverse encore et encore comme elle n'en a jamais connu.

"Oh mon Dieu, oh mon Dieu, oh mon Dieu..." Amory ne peut rien faire d'autre que venir et revenir et revenir. Elle sent sa propre humidité couler à l'intérieur de ses cuisses.

«Bonne fille, ça y est, viens me chercher. Putain... oui.... viens pour moi...."

Elle s'effondre face contre terre sur le lit et est à peu près consciente que Blake glisse lentement hors d'elle alors que sa tête tourne de plaisir. Elle n'aurait jamais imaginé que le sexe puisse être aussi bon.

Quelques secondes plus tard, elle sent Blake sur elle, les seins de Blake poussés dans son dos, les lèvres de Blake contre son oreille.

"Tu es tellement sexy. Tu es incroyable", murmure-t-elle.

Elle sent l'humidité de Blake contre son cul tandis que Blake la coince et enfonce son clitoris dans la courbe du cul d'Amory.

Blake utilise son corps pour s'en sortir et Amory aime ça.

Elle soulève son cul pour répondre aux besoins nécessiteux de Blake. On a l'impression que quelques secondes plus tard, les gémissements de Blake sont de plus en plus forts et plus rapides et son grincement plus fort alors qu'elle vient bruyamment en s'accrochant fermement à Amory.

Amory sourit intérieurement, le visage enfoui dans la couverture.

«Je t'aime...» murmure-t-elle en sentant Blake s'effondrer sur son dos.

«Je t'aime aussi», halète Blake d'épuisement.

« Vivons heureux pour toujours », dit Amory, et cela lui semble tout à coup tout à fait possible.

"Je ne veux rien de plus", lui murmure Blake à l'oreille et l'embrasse dans le cou. "Je veux toujours avec toi."

ÉPILOGUE

Blake entre dans la chambre d'un autre patient aux soins d'urgence. Elle doit juste annoncer la nouvelle que ce patient souffre d'une angine streptococcique. C'est assez simple et elle lui prescrit des antibiotiques. C'est un homme plus âgé et il ne semble pas surpris par la nouvelle.

« J'ai dit à cette infirmière qu'il s'agissait d'un streptocoque », dit-il, « et elle m'a quand même fait passer tous ces tests. Je déteste le test de la grippe et je savais que je n'en avais pas besoin.

Blake rit. "C'est un peu son travail."

"Eh bien, c'est absurde", argumente-t-il.

Blake secoue simplement la tête et se dirige vers son ordinateur. « Eh bien, dit-elle, au moins nous nous sommes assurés que vous n'aviez rien d'autre. »

"Je suppose que oui", dit-il, puis il croise les bras. "Mais c'est quand même ennuyeux."

Blake rit à nouveau et en tape sur son ordinateur. "D'accord", dit-elle, "donc je viens d'envoyer votre ordonnance à votre pharmacie, donc vous devriez être prêt à partir."

"Super, merci", dit l'homme puis il s'en va. Blake reste dans la pièce et soupire pour elle-même.

Cela fait plus d'un an, mais Blake manque son séjour en Zambie. Comme lors de tous ses autres voyages à l'étranger, elle y pense souvent. La Zambie était cependant spéciale ; c'est là qu'elle s'est réconciliée et a trouvé l'amour de sa vie. Tout le temps qu'elle passait dans la cabine avec Amory lui manque, le fait d'être si près d'elle tout le temps lui manque. Maintenant, Amory travaille dans une autre clinique de la ville et elle part travailler le matin avant même que Blake ne se réveille.

Elle ne sait pas comment elle fait et parvient à garder la raison, mais elle suppose qu'Amory n'est qu'une personne du matin. Pour Blake, se réveiller à huit heures du matin est encore trop dur pour elle. Elle aurait dû s'y habituer il y a des années, mais ce n'est pas parce qu'elle aurait dû faire quelque chose qu'elle l'a fait.

Blake se frotte les yeux fatigués avant de quitter la pièce et de retourner au travail. Il y a un autre patient dans la pièce voisine dont elle a besoin pour voir et qui est venu pour une infection urinaire, alors Blake s'y rend pour le traiter.

Amory lui manque toujours pendant qu'elle travaille. Le côté positif de leurs horaires de travail différents, cependant, est qu'Amory s'en sort avant Blake, et quand Blake quitte enfin son travail, elle voit Amory assis dans la salle d'attente, en train de lire un magazine. Amory est toujours aussi belle. Sa jolie queue de cheval blonde miel semble fraîchement lavée et son beau visage est plongé dans la concentration. Blake se dirige vers Amory et met une main sur sa tête.

Amory lève les yeux et fait un large sourire à Blake, posant le magazine.

"Êtes-vous prêt à aller?" demande Amory.

"Ouais," dit Blake, lui faisant un doux sourire en retour.

Les deux sortent du cabinet du médecin et se dirigent vers la voiture d'Amory. Blake prend généralement le bus pour se rendre au travail le matin afin qu'ils puissent tous les deux rentrer chez eux ensemble le soir lorsqu'elle a fini de travailler.

Alors qu'ils traversent le parking ensemble, Blake remarque qu'Amory joue avec la bague à son doigt. C'est nouveau et elle espère continuer à jouer avec jusqu'à ce qu'elle s'habitue à cette sensation.

Blake n'a pas de bague parce que c'est elle qui a proposé, mais elle suppose que lorsqu'elle recevra une alliance, elle sera la même qu'Amory au début.

Blake se rapproche d'Amory et lui prend la main, la serrant légèrement. La main d'Amory est chaude et Blake lui sourit pendant qu'ils marchent.

Blake joue avec la bague à son doigt, si heureuse de pouvoir appeler cette femme sa fiancée.

Lorsqu'ils arrivent au SUV blanc d'Amory, Blake lâche sa main pour pouvoir s'asseoir sur le siège du conducteur et Blake ouvre la porte de celle du passager. Amory allume la voiture, mais avant de pouvoir commencer à conduire, Blake tend la main, l'attrape par les cheveux et l'embrasse.

"D'accord", dit Blake, quand elle a fini d'embrasser sa fiancée, "on peut y aller maintenant."

Amory rit puis tend la main vers Blake, déposant un baiser ferme sur ses lèvres avant de commencer à reculer de sa place de parking.

"D'accord", dit-elle en riant.

Ils rentrent chez eux et Blake regarde par la fenêtre, un peu anxieux. Amory est un bon conducteur, avec toute la prudence d'un médecin, mais le fait que Blake soit toujours un peu nerveux lorsque quelqu'un d'autre conduit n'aide pas. Elle se tend un peu à chaque virage et à chaque fois qu'un autre conducteur s'approche un peu trop d'eux. Mais elle ne dit rien et ils rentrent chez eux sans incident.

Lorsque Blake ouvre la porte, elle voit immédiatement Millie sur le canapé, allongée paresseusement. Blake sourit à son chat, reconnaissante qu'elle se soit bien acclimatée à leur nouvelle maison. Ils ont emménagé ici il y a seulement trois mois et son chat a eu du mal à s'adapter au début. Maintenant, Millie semble aller très bien. Elle miaule quand elle voit Blake et Amory entrer et saute du canapé et se dirige vers le bol de nourriture qui se trouve dans leur cuisine.

Amory rit et prend la nourriture pour chat dans l'armoire à chat désignée. Au bruit du sac de nourriture qui s'agite, leur chaton, Scrabbles, arrive en courant dans la cuisine. Contrairement à Mille, le Scrabbles est une petite chose maigre. Selon le refuge pour animaux, elle était l'avorton de sa portée, mais Blake et Amory espèrent qu'avec un peu d'amour et beaucoup de nourriture, elle grossira. Ils ne l'ont que depuis un mois et elle a déjà beaucoup rempli.

Blake se penche vers Scrabbles et la soulève, la caressant pendant qu'Amory remplit le bol de nourriture et d'eau pour chat. Lorsque la gamelle est remplie, elle laisse tomber le chaton pour qu'il puisse manger à sa faim. Amory et Blake restent un moment dans la cuisine, observant leurs chats.

Amory se tourne vers Blake. « Avez-vous déjà été vacciné contre la grippe ? » elle demande.

Blake rit. "Oui", dit-elle, "je l'ai fait pendant ma pause déjeuner."

"Bien", dit Amory en serrant Blake dans ses bras.

Deux saisons de grippe se sont écoulées depuis son retour de Zambie, et à chaque fois, Amory a harcelé Blake pour qu'il s'assure qu'elle se fasse vacciner. Même si, une fois, lorsqu'elle a attrapé la grippe, c'était hors de la saison de la grippe.

Cependant, elle n'a plus attrapé la grippe depuis, donc elle ne peut pas trop se plaindre. En plus, c'est plutôt mignon de voir Amory se soucier autant d'elle. Blake sourit intérieurement.

Blake caresse Millie pendant qu'elle mange et Amory caresse le Scrabble. Blake sourit à Amory et tombe encore plus amoureux d'elle. On a l'impression qu'elle tombe de plus en plus amoureuse d'elle chaque jour, rien qu'en la regardant. Elle est adorable et Blake l'aime.

"Allez", suggère Blake, "enlevons nos vêtements de travail." Même si Blake se fait un devoir de s'habiller de la manière la plus professionnelle possible pour le travail, dès qu'elle rentre à la maison, elle préfère les pantalons de survêtement et les pyjamas.

"Veux-tu te changer", taquine Amory, "ou cherches-tu juste une excuse pour me voir nue ?"

"Je veux dire", taquine Blake, "c'est définitivement un plus."

Amory rit et se dirige vers la chambre, Blake la suivant.

Les deux se déshabillent, mais avant qu'Amory puisse ouvrir leur commode pour se rhabiller, Blake se dirige vers l'endroit où elle se tient. Elle enroule ses bras autour de la taille d'Amory et tend la main vers ses sous-vêtements.

"Tu devrais les enlever", dit Blake.

Amory rit et se retourne, face à Blake. "Et tu devrais être moins excitée."

"Cela n'arrivera jamais", dit Blake.

Amory rit et pousse un soupir trop dramatique. «Je sais», dit-elle en regardant Blake de haut en bas. Elle se mord la lèvre. "Et je veux dire, je ne peux pas dire grand-chose."

Blake rit et sort de ses propres sous-vêtements. Amory emboîte le pas

"Mon Dieu", dit Blake, "tu es si sexy."

Amory rit, mais elle rougit alors que Blake la regarde. Et elle rougit encore plus lorsque Blake passe doucement ses doigts sur sa poitrine, son ventre et sa chatte mouillée.

Amory a du mal à rester debout lorsque Blake enfonce deux doigts en elle et elle gémit.

Blake rit et doigte son partenaire pendant quelques minutes jusqu'à ce que les jambes d'Amory commencent à trembler si violemment qu'elle craint de s'effondrer.

Blake enlève ses doigts et cherche dans le tiroir du haut de sa commode son vibromasseur. Quand elle le sort, les yeux d'Amory s'illuminent d'excitation et Blake pousse Amory sur le lit. Amory est allongée sur le dos et Blake plane au-dessus d'elle, tenant le vibromasseur dans sa main. Elle embrasse Amory sur le front avant de se diriger vers ses lèvres.

Les deux s'embrassent pendant quelques minutes, Blake permettant à Amory de récupérer un instant pendant qu'elle se réchauffe à nouveau.

Blake allume le vibromasseur et le passe sur l'intérieur des cuisses d'Amory, la taquinant. Amory halète et gémit et Blake aime sa sensibilité. Elle adore entendre la façon dont Amory halète chaque fois que Blake touche ses cuisses. Et elle aime particulièrement la façon dont Amory crie presque lorsque Blake touche enfin le vibromasseur sur son clitoris.

"Oh mon Dieu," Amory halète et gémit. "S'il te plaît", dit-elle en tendant la main vers les mains de Blake et en essayant de pousser le vibromasseur plus fort. Ce n'est pas suffisant et elle a besoin de plus.

Blake rit, aimant à quel point elle rend l'autre femme désespérée. "Non. Patience, chérie, profite-en.

Amory gémit, n'étant certainement pas une personne patiente, surtout quand Blake la torture.

Blake décide de ne plus la torturer et elle grimpe sur Amory, ajustant soigneusement sa position pour qu'elle soit à cheval sur Amory et que la baguette et son propre clitoris puissent sentir la baguette tandis que le poids de son corps presse fermement la baguette vibrante contre elle. Le clitoris d'Amory.

"Ahhhhh", gémit Amory bruyamment et Blake sait qu'elle a tout à fait raison. C'est exquis sur son propre clitoris et elle peut voir à la réaction d'Amory que c'est la même chose pour elle.

Blake s'y oppose, chaque pression leur procurant de plus en plus de plaisir.

Elle n'aime rien de plus que ressentir et voir Amory se tordre d'extase sous elle.

"Oh putain, je suis si proche..." dit Amory.

"Viens avec moi", dit Blake et elle s'efforce d'atteindre son propre orgasme, en espérant que cela amènera celui d'Amory en même temps.

Blake sent tout son corps se contracter alors que son orgasme la traverse et elle crie fort. Elle se sent jaillir et elle sait que cela va inonder la chatte d'Amory.

Quelques secondes plus tard, elle sent l'orgasme d'Amory sous elle, aussi magnifiquement fort qu'Amory l'est toujours et elle sourit intérieurement.

Leur relation sexuelle est comme le reste de leur relation. Parfait.

Quand ils ont fini de faire l'amour et de se doucher, ils retournent à la cuisine, en pyjama, et Blake se dirige vers le placard. Elle se démène jusqu'à ce qu'elle trouve un mélange de chocolat chaud. Elle met une bouilloire pleine d'eau sur la cuisinière et commence à la faire bouillir.

"Est-ce que la pizza est bonne pour le dîner ce soir?" Blake demande à Amory. L'une des choses que Blake préfère à son retour aux États-Unis est qu'ils n'ont pas à préparer le dîner tous les soirs. C'est normal d'être paresseux parfois et de commander une pizza.

"Cela a l'air merveilleux", répond Amory. « Voulez-vous regarder un film ou quelque chose comme ça ? »

"Parfait", dit Blake, et cela semble parfait. Cela semble être le moyen idéal pour se détendre après une longue journée de travail, une pizza et un film. Blake a de la chance, elle ne travaille pas demain, mais elle est déçue parce qu'Amory le fait. Le jour de congé de Blake est un mercredi, tandis qu'Amory a le week-end.

Blake essaie très fort de s'absenter du travail pendant au moins une journée le week-end, mais travaillant dans les soins d'urgence, c'est une période difficile et elle ne sait pas si elle en sera capable. Mais elle le souhaite vraiment pour pouvoir passer plus de temps avec Amory. Elle espère que si elle travaille un peu plus longtemps dans ce service d'urgence, elle gagnera en ancienneté et pourra obtenir le temps qu'elle souhaite.

L'eau est bientôt bouillie et Blake prépare du cacao pour eux deux, le verse dans des tasses et les amène dans le salon.

Amory choisit un film et le laisse commencer pendant qu'ils attendent tous les deux la pizza. Ils commencent environ trente minutes dans le film quand on frappe à la porte et Amory met le film en pause pour qu'elle puisse ouvrir la porte et prendre la pizza.

Amory entre après avoir payé et pose la pizza sur la table basse. Le téléphone de Blake vibre avec un nouveau SMS.

Jenna : Tu veux sortir ensemble demain ? On peut sortir déjeuner ou quelque chose comme ça. J'ai une grande nouvelle à vous annoncer

"Hé, Jenna veut sortir demain pour parler de quelque chose."

"Oh," dit Amory, "est-ce qu'elle t'a dit de quoi elle voulait parler?"

"Non, seulement que c'est une grande nouvelle."

"Tu devrais y aller si tu veux", dit Amory, "c'est ton jour de congé, après tout, et vous n'avez pas traîné ensemble depuis un moment."

C'est vrai. Blake essaie souvent de passer du temps avec Jenna, mais après avoir emménagé dans leur nouvelle maison, ils ont été un peu préoccupés par le déballage et s'assurer que leur espace est parfait pour eux.

"D'accord", dit Blake en embrassant Amory sur la joue.

Blake : Ouais, je peux sortir demain

Blake : Quand et où veux-tu qu'on se rencontre ?

Jenna : Je peux venir te chercher chez toi. Est-ce que douze, ça marche ?

Blake : Ça a l'air parfait.

On dirait aussi que Blake pourra dormir demain. Elle est capable de se lever et de s'habiller assez rapidement, elle n'a donc pas besoin de régler une alarme avant onze heures trente.

Blake est vraiment content qu'Amory ne soit pas jaloux de son amitié avec Jenna. Elle était un peu inquiète au début, surtout avec ce qui s'est passé en Zambie où Amory pensait que Blake trompait Jenna. Blake ne savait pas comment Amory réagirait si Blake restait ami avec quelqu'un qu'elle avait l'habitude de baiser. Mais il semble qu'Amory ait réussi à surmonter ses craintes de tromperie de Blake, et Blake en est très reconnaissante.

Même si elle aime Amory, Jenna est sa meilleure amie depuis des années et Blake ne peut pas imaginer renoncer à cette amitié. Mais non, Amory semble aimer que Blake ait un ami, et elle s'entend très bien aussi avec Jenna, ce qui est merveilleux pour Blake.

Blake sourit à sa merveilleuse petite amie, ne prêtant pas vraiment attention au reste du film pendant sa diffusion. Elle se penche en avant et embrasse Amory sur les lèvres, les distrayant tous les deux de la fin du film. Ils s'embrassent et Blake pose une main sur le pantalon de pyjama d'Amory.

Amory rit. "Tu es toujours excitée, n'est-ce pas ?"

Blake rit en retour. "Vous devez savoir que la réponse à cette question est oui."

Amory embrasse à nouveau Blake, se mordant la lèvre alors qu'elle la touche. Elle gémit dans la bouche de Blake.

«Je ne peux pas attendre le reste de l'éternité avec toi», dit-elle.

La Fin

Don't miss out!

Visit the website below and you can sign up to receive emails whenever Sley Samedy publishes a new book. There's no charge and no obligation.

https://books2read.com/r/B-A-OFCKB-NNUPD

BOOKS 2 READ

Connecting independent readers to independent writers.

Did you love *Guérison du Coeur*? Then you should read *Amoureux du défi*[1] by Sley Samedy!

[2]

Pour Danica Leroux, devenir agent d'infiltration a toujours été son rêve, et lorsqu'elle reçoit une nouvelle promotion, elle sait que cela s'accompagne d'une énorme responsabilité.

Lorsqu'elle apprend que son nouveau travail va l'impliquer avec la seule et unique star de cinéma, Hunter Ford, elle se lance avec impatience dans cette nouvelle mission avec son attitude courageuse et stimulante. Parce que des menaces ont été proférées contre lui, elle doit le protéger jusqu'à la première de son dernier film... ou jusqu'à ce qu'ils découvrent qui profère ces menaces.

---

1. https://books2read.com/u/bzq0OL

2. https://books2read.com/u/bzq0OL

Peu de temps après avoir accepté la mission, une balle courbe lui est lancée et elle se retrouve face à un dilemme. Comment peut-elle le protéger si elle devient la cible ?

Lorsque sa vie est en jeu, elle le repousse pour sa propre protection. Mais

va-t-elle trop loin ?

Also by Sley Samedy

Une nuit sur la plage
Amoureux du défi
Le stagiaire du détenu
Pardonne mon Péché
Premier Match
Proposition interdite
Réclame par mes demi frères
Scandale dans le désert
Une tente pour deux
Amitié ruinée
Tuer pour elle
Garde moi
L'ultime défi
Mauvais Détour
On dirait que ça tue
Une sale promesse
Imprudence
Juste sous le gui
Survie et Triomphe
Ténébres capturées
Le Choix de Bianca
Guérison du Coeur